insel taschenbuch 5123

Claire Beyer

Alles ist so festlich

Ein geheimnisvoller Stern, der zwei einsamen Menschen das schönste Weihnachtsfest ihres Lebens bereitet, ein heftiger Weihnachtssturm, in dem Vater und Sohn unerwartete Hilfe erhalten, ein Kater, der sich auf einem Kutter als Hilfsmatrose verdingt, und ein verschwundener Weihnachtsbaum … Davon und von vielen weiteren Menschen und Tieren in der Heiligen Nacht erzählt Claire Beyer.

Geschichten voller Schönheit, Glück und Wunder, die das Weihnachtsfest verzaubern – zum Lesen und Vorlesen für die ganze Familie.

Claire Beyer, 1947 geboren, lebt in Markgröningen bei Ludwigsburg. Neben erfolgreichen Romanen verfasst sie Erzählungen, Kurzprosa, Gedichte und besonders gern Weihnachtsgeschichten.

CLAIRE BEYER

Alles ist so festlich

Die schönsten Weihnachtsgeschichten

INSEL VERLAG

Erste Auflage 2025
insel taschenbuch 5123
Deutsche Erstausgabe

Umschlaggestaltung: zero-media.net, München
Umschlagabbildungen: FinePic®, München
Satz: Satz-Offizin Hümmer GmbH, Waldbüttelbrunn
Druck: CPI books GmbH, Leck
Printed in Germany
ISBN 978-3-458-68423-7

Insel Verlag Anton Kippenberg GmbH & Co. KG
Torstraße 44, 10119 Berlin
info@insel-verlag.de
www.insel-verlag.de

INHALT

DER WEIHNACHTSSTURM

Schon seit Stunden hat es heftig geschneit. Dazu tobte ein schlimmer Nordwind. Vater und er hatten bis zum Mittag Holz hereingeschafft, die Finger waren ihm dabei fast abgefroren. Und jetzt mussten sie auch noch zum Huber-Hof, um das Rauchfleisch und den Käse zu holen. Es sollte sein wie in jedem Jahr. Rauchfleisch und Käse vom Huber-Hof an Heiligabend. Seinen Eltern fiel einfach nichts anderes ein. Früher hatte Kilian das schon gern gegessen, aber jetzt stand er ganz und gar nicht mehr darauf. Er fuhr trotzdem mit. Wenigstens war er dann mal eine Weile seine grinsende Schwester los.

Mutter hatte noch gewarnt, es sei zu gefährlich, der Sturm sei stärker geworden und der Schneefall dichter. Man könne ja Rühreier essen, oder Würstchen aus der Dose. Meine Güte, hatte die Probleme. Natürlich stieg er ein. Von so etwas ließen sich sein Vater und dessen Geländewagen doch nicht abhalten. Papa freute sich das ganze Jahr darauf, das Auto einmal richtig fordern zu können. Dort, wo sie wohnten, waren Bordsteine und Kanaldeckel die einzigen Hindernisse. Und Vater war ein vorsichtiger Fahrer.

So fuhren sie los. Zwar konnte die kleine Straße nicht mehr genau ausgemacht werden, zumindest nicht an den Rändern, aber die schneevertrauten Tiroler hatten Stöcke in gelben Leuchtfarben an die Seiten der Fahrbahn gesteckt. Das Ganze mute wie eine Fahrt durchs Wasser zwischen Bojen an, sagte er zu seinem Vater, und der nickte lachend dazu. Ansonsten sprachen sie nicht viel. In der engen Nähe des Wagens kam eine Verlegenheit auf, die keiner von beiden überspielen konnte. Und wenn er es sich so recht überlegte, gab es auch nichts, worüber sie hätten reden können. Sein Vater trauerte vermutlich seinem Büro nach und er seiner Spielkonsole. Das verband sie aber nicht wirklich.

Dieses Weihnachten hätten sie sich schenken können. Wieder in das Bauernhaus nach Tirol. Jeden Balken kannte er in- und auswendig. Und dann noch mit den Eltern und der kleinen Schwester! Es gab weder Skilifte noch eine gespurte Langlaufstrecke, nicht einmal mit dem Board konnte er aufs Gelände. Wegen der ganzen Bäume, die überall nur im Weg standen. Blödes Tirol! Er war schließlich zwölf und kein Kind mehr. Und alles, was Vater sich einfallen ließ, war, seine Schwester mit ihm rauszuschicken, um einen Schneemann zu bauen. Er hatte schon alle Schneemänner gebaut. Kleine und große, schiefe, perfekte und den krummen im Vorjahr, der keine zwei Stunden durchgehalten hatte. Mit seiner Schwester war auch sonst nichts anzufangen, die las ihre blöden Vampirromane und kicherte ständig dabei.

Das dachte er, als sein Vater den Wagen startete und die ersten Serpentinen zum Huber-Hof am Silbergrat meisterte. Der Geländewagen spielte mit dem Schnee und ließ sich selbst bei rutschigen Partien nicht aus der Spur bringen. Die Wischer schippten lässig die Flocken zur Seite, auch wenn die jetzt waagrecht gegen die Frontscheibe fielen. Und im Wageninnern war es mollig warm. Wie in jedem Jahr kamen sie am frühen Nachmittag an. Die Einöde wurde vom alten Huber-Bauern allein bewirtschaftet. Er war der Letzte seiner Generation, und Jahr für Jahr begrüßte er sie mit dem Hinweis, dass es im nächsten Jahr nichts mehr gebe, gor nix, dass er sei Sach aufgeben werde, um ins Tal zu ziehen. Doch dann stand wieder ein Korb mit Käse und Rauchfleisch auf der Ofenbank. Überall duftete es nach Weihrauch und anderen Kräutern, weil der Bauer schon alles für die Raunächte vorbereitet hatte, in denen er den Stall mit glimmenden Kräuterbüscheln ausräuchern und die Kühe mit Dreikönigswasser beträufeln würde. Er mache das, um die bösen Geister auszutreiben, hatte er einmal erzählt, und weder Vater noch er hatten es gewagt, darüber zu lachen.

Während des Aufenthalts wurde nicht viel gesprochen. Der Tiroler Bauer nahm das Geld brummend entgegen, die vermaledeiten Euros, holte eine verbeulte Blechdose aus dem Küchenschrank und verwahrte sie wieder. Sie fragten nach dem Vieh. Dort sei alles wie immer, kam zur Antwort, die Senta lahme halt, aber das mache er auch. Obwohl der Vater zum Aufbruch drängte, scheuchte ihn der Bauer an den Tisch. Für einen Kaffee sei immer Zeit, und außerdem könnten sie heute sowieso nicht mehr zurück. In der oberen Kammer lägen Strohmatratzen, die für eine Nacht gut genug seien, und morgen klare das Wetter eh auf. Vater entgegnete lächelnd, dazubleiben käme nicht in Frage, sie müssten zurück, schließlich sei Heiligabend. Das sei dem Schneesturm ziemlich egal, antwortete ihm der Bauer. Kilian lief es kalt den Rücken hinunter. Ihr Urlaubsdomizil war schon krass, aber dieses Rumpelhaus mit seinen Geistern im Kuhstall! Nie im Leben! Er beeilte sich zu sagen, sie müssten zurück, wegen der Mutter. Und der Schwester, fügte er noch schnell hinzu.

Sein Drängen war unnötig, denn der Vater stellte bereits den Essenskorb auf die Rückbank und forderte Kilian auf einzusteigen. Der Bauer lief derweil um den Geländewagen und inspizierte ihn mit skeptischer Miene. »Wenigstens Schneeketten«, brummte er mürrisch. Den stolzen Hinweis, dass mit einem solchen Autotyp durch die Sahara gefahren werde, selbst durch wütende Sandstürme, kommentierte er mit einem »Jo mei …« und schickte sich an, die Haustür zu erreichen. Der Alte schüttelte dabei ausgiebig den Kopf, die Schneeflocken stoben nur so aus seinen Haaren. Dann verschwand er im dichten Gestöber, als ginge er in ein Nichts.

Die Entfernung vom Huber-Hof zu ihrem Haus war bei passablem Wetter in einer halben Stunde zurückzulegen. Manchmal hatten sie, wenn viel Schnee lag, auch schon länger gebraucht. An solche Zeiten war an diesem Tag nicht zu denken, das sah Kilian ziemlich schnell ein. Mehrmals musste Vater aussteigen, um mit dem Spaten den Weg freizuräumen. Und der Schneefall ließ nicht nach. Vom Wind getrieben, fielen die Flocken so dicht, dass selbst die Begrenzungen nicht mehr sicher auszumachen waren. Also wurde Kilian aus dem Wagen geschickt, um die Stangen zu orten. Und Vater meinte das absolut ernst, hatte er aus dem besorgten Blick lesen können. Hätte ich früher einmal den Geländewagen fahren dürfen, dachte er, wäre die Situation eine andere. Aber nein. So war das in seiner Familie, und natürlich musste er alles ausbaden. Wenn sie überhaupt vorankommen wollten, blieb nichts übrig, als auszusteigen und wie ein blöder Ochse am Graben entlangzugehen.

Mit ausgebreiteten Armen tat er das dann auch, den Kopf dabei tief in die Kapuze des Anoraks gezogen. Er stapfte mit hohen Schritten die Fahrbahn entlang, konnte nicht einmal maulen, denn der vom Wind gepeitschte Schnee fuhr ihm eisig zwischen die Lippen. Er hielt sich seiner Meinung nach gut, aber als seine Jeans völlig durchnässt waren, hatte er genug. Mit fuchtelnden Armen bedeutete er seinem Vater, er werde jetzt einsteigen und den Wagen auf keinen Fall mehr verlassen. »Wir müssen uns einen Unterschlupf suchen!«, meinte der Vater, kaum dass er eingestiegen war. »Die Räder greifen nicht mehr! Vorhin wäre der Wagen beinahe weggerutscht.« Obwohl sie standen, spürte Kilian, dass sich das Auto bewegte. Plötzlich heulte er Rotz und Tränen. Dabei tat er das schon lange nicht mehr. Er schämte sich nicht einmal. Nur raus hier, dachte er, bevor das Ding in den Abgrund stürzt. Doch bevor er reagieren konnte, verlor der Wagen die Balance. Im Zeitlupentempo legte er sich auf dic Seite und schlitterte abwärts. Unsanft, aber letztlich glücklich, wurde er von einer Fichtenschonung gestoppt. Kilian hörte die Airbags explodieren und sich und den Vater schreien.

Nach dem mächtigen Schlag war es urplötzlich still. Der Wagen stand wieder aufrecht, und die Scheibenwischer gingen ihrer Arbeit nach, als wäre nichts geschehen. Aber Vater saß stocksteif da und hielt mit beiden Händen das Lenkrad fest umklammert. Er war kreideweiß, doch Kilian konnte sehen, dass unter seiner Mütze Blut hervorquoll. Sein Vater sagte nichts, riss sich stattdessen die Mütze vom Kopf und versuchte mit ihr, das Blut vom Gesicht zu wischen. Dabei verschmierte er es aber nur noch mehr und sah fürchterlich aus. Sie wollten aussteigen, aber der Junge versuchte vergeblich, die Beifahrertür zu öffnen. Dann drückten beide, so gut es in der Enge des Fahrzeugs eben ging, dagegen. Endlich sprang sie auf.

Vater kletterte mühsam den Hang hinauf. Kilian folgte zunächst, ging dann aber noch einmal zum Auto, riss an der

Tür, kletterte nach hinten und zog den Korb hervor. Er konnte sich seinen Mut oder den Leichtsinn selbst nicht erklären. Aber schließlich war Weihnachten, und was würde Mama sagen, wenn sie ohne Korb ankämen! Vater voraus trotteten sie die Straße entlang. Als Kilian zurückgeschaut hatte, war nicht einmal mehr das Licht der Scheinwerfer zu erkennen gewesen. Sie hatten gebrannt, oder nicht? Dann sah er nach vorn, sah, dass die Kopfwunde noch blutete und Vater Schnee darüber rieb. Rot wie Blut, weiß wie Schnee, schwarz wie Ebenholz … Wie hieß das Märchen? Mutter hatte es ihm vorgelesen, aber er konnte sich nicht an den Namen erinnern.

»Nichts«, sagte sein Vater, »es ist nichts, lass uns eine Hütte suchen.« Jetzt erst bemerkte der Vater den Korb, schüttelte darüber ungläubig den Kopf. Manchmal hielt Kilian an und lauschte. Aber es war nur der Wind. Und der schüttelte ihn durch. Nass und klamm wollte er den Korb nun doch loswerden. Weihnachten war so weit weg, es war völlig unmöglich, daran zu denken. Er steckte Rauchfleisch und Käse in den Anorak und ließ den Korb einfach stehen. Seine eisigen Hände schob er in die Ärmel. Vater hatte davon nichts bemerkt. Er verhielt sich überhaupt so merkwürdig, schaute schon lange nicht mehr zurück, so als wäre er ganz alleine unterwegs.

Doch dann stoppte er plötzlich. Eine Hütte! Vater hatte wirklich eine Schutzhütte gefunden! Erleichtert stellten sie fest, dass die Tür nicht verriegelt war, und Kilian trat ungestüm ins Innere. Zunächst umgab ihn völlige Dunkelheit. Dann erkannte er schemenhaft eine Bank und wenige Strohbüschel, die kaum den Boden bedeckten. Er wollte sich setzen, doch die Bank war voller Schnee. Der war durch die breiten Ritzen gedrungen und lag da, als gehöre er hierher.

Kilian sehnte sich nach der Wärme, nach der bullernden Hitze, die seine Mutter wie aus dem Nichts zaubern konnte. Er duckte sich, als sein Vater ihn unvermittelt ansprach. »Hier werden wir den Sturm abwarten! Hörst du! Aber wir dürfen auf keinen Fall einschlafen! Versprichst du mir das?« Kilian nickte. Mit etwas Stroh säuberten sie die Bank und setzten sich. Der Vater nahm Kilians Hände in die seinen, rieb sie so lange, bis sie warm wurden. Sie würden wohl eine Weile hier ausharren müssen, meinte er, doch irgendwann käme sicher Hilfe. Erfrieren müssten sie jedenfalls nicht, die Hütte werde sie schon schützen. »Und verhungern auch nicht«, lachte Kilian und schlug auf seine Anoraktasche. Als er aufblickte, hatte sich sein Vater zurückgelehnt und schien zu schlafen.

Kilian stieß ihn an, doch der Vater reagierte nicht. Seine Hand presste er auch nicht mehr gegen die Wunde. Weinend schrie Kilian auf ihn ein: »Um Himmels willen! Papa! Nicht einschlafen!« Für Überlegungen blieb jetzt keine Zeit. Er musste zum Auto zurück und alles holen, was Vater wärmen konnte. Vorerst müsste das wenige Stroh helfen. Er bedeckte ihn damit, so gut es ging. Je weiter er vorankam, desto ruhiger wurde er. Ihm war auch nicht mehr kalt, im Gegenteil, er glaubte zu glühen. Schließlich hetzte er die Straße entlang, hoffte, die Stelle zu finden, an der das Auto abgerutscht war. Wenn ihn sein Zeitgefühl nicht trog, musste er längst an der Absturzstelle angekommen sein. Er versuchte, im dichten Schneegestöber etwas zu erkennen, doch es war ein hoffnungsloses Unterfangen. Plötzlich stolperte er über ein Hindernis, fiel der Länge nach hin und kam ins Rutschen. Panisch griff er um sich und fasste das Kantholz, über das er gestolpert war. Er schlitterte, wie ein Schiffbrüchiger an das rettende Holzstück geklammert, den Hang hinab. Er traf nicht genau auf den Wagen, aber als er zum Halten kam, konnte er dessen Umrisse erkennen. Seinen Glücksbringer in der Hand näherte er sich dem weißen Berg, der sich über dem Auto gebildet hatte.

Er arbeitete ohne Unterlass, dann endlich ließ sich die Türe öffnen. Die Sitzbezüge aus Schaffell, den Verbandskasten, die schützenden Folientücher! Alles in die Decke, die auf der Rückbank lag. Er warf das Bündel über die Schulter und sah beim Herausklettern im schwachen Schein der Innenbeleuchtung das Kantholz vor dem Wagen liegen. Einen Moment hielt er inne. Vor ihm lag der Pfosten eines Wegweisers. Auf dem angeschraubten Emaille-Schild stand deutlich: Zur Wolfshütte. Dann endlich los. Er kletterte den Abhang hinauf und kämpfte sich zur Hütte zurück, in der sein Vater noch immer zu schlafen schien. Vorsichtig bettete er ihn auf die Bank, schob zuvor ein Schaffell darunter. Nachdem er ihn in die mitgebrachte Decke einwickelt hatte, verarztete er die Kopfwunde und rieb ihm die Hände warm.

Der Sturm hatte ganz nachgelassen, der Schneefall war geringer geworden, aber Kilian bemerkte es nicht. Er redete ohne Unterlass, berichtete seinem schlafenden Vater von der Schule, von seinen Freunden, gestand seine Schwärmerei für ein Mädchen, beichtete die heimlich gerauchten Zigaretten. Es war ihm egal, was sein Vater dazu sagen würde. Und er schwor sich, wenn das alles heil überstanden wäre, dann würde er … ja, was eigentlich? Er war viel zu durcheinander, um einen geeigneten Schwur zu finden. Auch davon erzählte er seinem Vater, der einfach nicht aufwachen wollte. Dann hörte Kilian einen Traktor tuckern. Er rannte aus der Hütte und sah den Huber-Bauern auf sich zukommen.

Viel später döste er, in eine Decke eingehüllt, vor dem Kamin. Weder seine Mutter noch die Schwester störten ihn dabei. Er hatte von ihnen erfahren, dass Vater am nächsten Tag wieder aus dem Krankenhaus entlassen werde. Es war nur eine Gehirnerschütterung und dazu eine Platzwunde. Sie würden Weihnachten eben zwei Tage später feiern. Kilian war das nur recht. Seine Gedanken flogen mit den Schneeflocken, die wieder eingesetzt hatten, um die Wette.

Am Nachmittag kam Besuch. Der Huber-Bauer fuhr mit seinem Traktor vor. Er wehrte ab, als Mutter ihm danken wollte. Mit dem Kilian wolle er reden, sonst nix, brummte er. Als Kilian von dem Holzpfosten sprach, der ihn zum Wagen geführt hatte, hob der Alte die Hand und sagte, er habe die Geschichte schon gehört, aber dieser Pfosten stünde droben, ganz droben am Silbergrat, weit von der Straße entfernt. Kilian jedoch blieb trotzig bei seiner Schilderung. Da sah ihn der alte Mann lange an, strich ihm dann über den Kopf, beugte sich zu ihm herab und flüsterte: »Dann war's der Wolf, er hat ihn für dich hingelegt, bin mir sicher!« Er bat, mit dem Jungen alleine reden zu dürfen. »Die Schutzhütte«, begann er, nachdem die Mutter das Zimmer verlassen hatte, »steht dort, wo vor vielen Jahren dein Urgroßvater einem Wolf das Leben gerettet hat. Das Tier saß in der Falle und sollte erschossen werden. Aber der Bub hat so gebettelt und geheult, dass der Jäger von seinem Plan abließ und die Büchse senkte. Humpelnd schlich das Tier davon, blieb dann aber stehen und drehte deinem Urgroßvater den Kopf zu. Die Augen hatte er weit geöffnet und mit rauer, kehliger Stimme gab er Laute von sich, die der Wind herübertrug. Ich helfe dir auch einmal, das hat dein Uropa verstanden. Dann war das Tier im Wald verschwunden. Stein und Bein hat er darauf geschworen, dass es so gewesen ist. Und später hat er gerade an dieser Stelle die Schutzhütte gebaut.« Der Alte starrte lange ins Feuer, sagte dann noch leiser: »Also hat er Wort gehalten, der Wolf«, und nickte, weil er alles zu verstehen schien.

Nachdem er gegangen war, wollten Mutter und Schwester wissen, was der Huber-Bauer denn erzählt habe. Kilian überlegte einen Augenblick, dann antwortete er ihnen: »Schöne Weihnachten hat er mir gewünscht, was sonst.«

DAS WEIHNACHTSMAHL

Der Speiseplan an Weihnachtstagen
Lag uns seit Wochen schwer im Magen.
Wir wollten leicht verdaulich kochen,
Ganz ohne Fett und ohne Knochen,
Und darauf passte nur ein Fisch
Der sollte festlich auf den Tisch.
Jedoch nicht Karpfen, nicht Forelle –
Womöglich aus der Mikrowelle –,
Nein, ganz exotisch, einen Hummer,
Ein Krustentier, ein dicker Brummer.

Wenn's ginge aus Bretagnes Wellen,
Den wollten wir uns gleich bestellen,
Und frisch das Ganze, voller Leben,
Das müsste es im Großmarkt geben.
So war es auch! Das Tier, es lebte!
Wir sahen das, weil es sich regte.
Zuhaus' bekam er erst ein Becken
Und konnte seine Glieder strecken.

Ein Krustentier, so richtig frisch
Am Weihnachtsabend auf den Tisch.

Am Tag zuvor ist's dann geschehn,
Wir hatten ihn uns angesehn,
Uns dann gefragt, wie wird das sein?
Wer wirft ihn in den Topf hinein?

Er sah uns an, in unsrer Mitte,
Der Hummer, als der starke Dritte.

Und jetzt? Was nun?
Was sollten wir denn mit ihm tun?
Das Krustentier zurückzugeben –
Das wär' für ihn ein kurzes Leben.
Und das beim Fest der Nächstenliebe,
Er sah uns an, sein Blick war trübe.
Da halfen nur Bretagnes Küsten,
Die wir recht bald erreichen müssten.

Dann fiele unser Wintersport
Halt diesmal auf 'nen andren Ort.

Die Skier wieder ausgeladen,
Das Becken dafür reingetragen.
Dann unterwegs ein Käsebrot
Half gegen große Hungersnot.

Kein Stau, kein Drängeln, keine Hast.
Erleichtert von Gewissenslast
Genossen wir die Winterwälder,
Die weißen Flocken, weiten Felder,
Wir sangen laut, was uns gelang,
Und auf der Rückbank, unser Fang?
Er schlief, hob manchmal eine Schere,
Als ob das Folter für ihn wäre.
Doch bei der Stillen, Heil'gen Nacht
Ist er dann freudig aufgewacht.

Als spürte er, als wüsste er,
Nicht lange hin, dann kommt das Meer.

Und fast am Ziel –
Die Wellen trugen Silber auf,
Der Mond hielt ein in seinem Lauf.
Der Sturm war weihnachtlich gelaunt,
hat nicht getobt, nur mild geraunt.

Das Wintermeer, das Salz, der Wind,
Geschwind lief er zur tiefen Pracht,
Und wir, in dieser Stillen Nacht?
Mit Brot und Wein und Käserest
Begingen wir das Weihnachtsfest.

Auch Ihnen schöne Weihnachtstage –
Was Sie auch speisen – keine Frage!

FLOSSE 1903

Am Tag vor Heiligabend schlüpfte der Fischer Jan Hinrichsen in seinen gelben Südwester. Es war kalt, und er hatte den engmaschigen, knotigen Pullover schon gleich nach dem Aufstehen angezogen. Er trug ihn jeden Tag, außer am Sonntag, wenn er nicht zum Fischfang auf die See fuhr. Dann lag der Pullover zum Lüften auf der Küchenbank, was aber vergeblich war, weil der langjährige Hausgenosse Kater Flosse-Jungchen und zwei noch namenlose kleine Katzen, Findlinge, die dem Ehepaar vor kurzem in einem Korb vor die Tür gestellt worden waren, es sich stante pede darauf bequem machten. Sie nutzten die gesamte Fläche des Vorderteils und der Ärmel und lagen bauschig und weich wie übergroße Pompons darauf. Jan Hinrichsen und seine Frau Hilla, die den Pullover mühsam aus brauner Wolle gestrickt hatte, zuckten darüber nur mit den Schultern, denn das Fell-Trio genoss bei ihnen jede Freiheit, und das wusste es auch. Selbst die Kleinen hatten das schnell begriffen.

Jan Hinrichsen nahm den am Abend vorbereiteten Proviant – Tee in einer Thermoskanne und Käsebrote, zudem einen kleinen Beutel mit gekochtem Fisch – vom Küchentisch und verstaute alles in einer wasserdichten Umhängetasche, in der auch seine Taschenlampe und gefütterte Arbeitshandschuhe Platz fanden. Die alte Küchenuhr schlug vier Mal. Er hörte es, schaute aber dennoch auf das Ziffernblatt, als wolle er ganz sichergehen.

»Zeit, um aufzubrechen«, murmelte er halblaut vor sich hin, denn er wollte Hilla nicht wecken, gleichzeitig aber Flosse-

Jungchen das Zeichen zum Aufbruch geben. Doch wie an jedem Werktag wartete der Kater schon neben den hohen, schnürbaren Gummistiefeln und machte ihm Platz, als er sich auf den kleinen Hocker aus Eichenholz setzte, um die Schuhe anzuziehen.

»Dann wollen wir mal los, mein Alter«, forderte Hinrichsen den Kater auf, aber der konnte ihn schon nicht mehr hören, denn er war bereits in großen Sätzen bis zur Pier vorausgesprungen, die eigentlich nur aus einigen alten Betonklötzen bestand, bei denen der kleine, blaue Fischkutter lag und an diesem frühen Morgen still vor sich hindümpelte, als wiege er sich im Schlaf. Die See, Hinrichsen erfasste es mit einem Blick, war ruhig, denn an der Westküste, wo Hinrichsen und seine Frau lebten, herrschten an diesem 23. Dezember ablandige Winde. Auch er hatte nun einen der kleinen Betonpfeiler erreicht, und der Kater wartete darauf, dass das Boot näher ans Ufer gezogen wurde, damit er mit trockenen Pfoten seinen Platz im Bug erreichen konnte. Bevor Hinrichsen das erledigte, nickte der Fischer dem Meer zu. Er vergaß nie, die See zu begrüßen. Ob aus Aberglauben oder aus Tradition, darüber war er sich selbst nicht im Klaren, aber etwas in ihm sagte, er solle Ran, die Meeresgöttin, nicht verärgern. Hilla jedenfalls zündete ihr zu Ehren an Tagen, die ihr Mann auf dem Meer verbrachte, ein Teelicht an; bei heftigem, auflandigem Wind auch zwei.

Endlich hatte Hinrichsen seinen Platz am Ruder eingenommen, und nach einem prüfenden Blick auf Flosse-Jungchen startete er den Motor und nahm Kurs auf das offene Meer. Im Dezember durfte er nur Flundern einholen – für andere Fangfische galt in diesem Monat Schonzeit, und er wusste, es würde Ärger geben, hielt er sich nicht daran. Seine Angst, die Lizenz zu verlieren, war nicht unbegründet, viele warteten nur darauf, Fanggründe übernehmen zu können. Hinrichsen schüttelte sich, er wollte jetzt nicht über Feindschaften nachdenken, viel lieber wollte er sich um Flosse-Jungchen kümmern, der still auf einem Fass am Bug saß und die Möwen beobachtete, die wie sie mit dem ersten Morgenlicht wach geworden waren. Die gierigen Vögel hatten sich schon während der Abfahrt über dem Boot formiert. Flosse-Jungchen nahm seine selbstgewählte Aufgabe, das freche Völkchen notfalls zu vertreiben, ernst. Er fuhr schon so lange zur See, dass ihm diese Pflicht bis in die letzte Kralle vertraut war. Er kannte die Abläufe an Bord, fauchte, wenn sich eine Möwe auf die Reling setzte, und behielt die Vogelmeute immer im Auge.

So hielt er Wache, bis Hinrichsen ihn zu sich rief. Dann stand Flosse-Jungchen auf, streckte sich und sprang von seinem Ausguck auf die Planken hinunter und lief den gekonnten Gang eines Seemanns – ausgleichend, den Wellen ausweichend – zur Kajüte. Bei seinem Kapitän angekommen, wartete er geduldig auf sein Frühstück. Zuerst gab es die Brote für den Fischer, dann bekam Flosse-Jungchen seinen gekochten Fisch. Es folgte, was der Kater so liebte. Denn war die See wie an diesem Morgen friedlich, nahm Hinrichsen seinen tierischen Hilfsmatrosen auf den Schoß, streichelte ihn und summte dabei eine Melodie. Verstummte die Tonfolge, waren sie am Ziel angekommen. Sie hatten den Platz erreicht, an dem die Netze ausgelegt werden konnten. Der Anker wurde geworfen.

*

Auch Hinrichsens Frau war längst aufgestanden. Die beiden jungen Katzen hatten Hilla vor der Zeit geweckt, denn verspielt, wie sie noch waren, hatten sie sich das große Bett der Eheleute ausgesucht, um darauf herumzutoben. Anfangs beteiligte sich Hilla noch am Verstecken, dem angedeuteten Jagen, oder warf ihnen Papierkügelchen zu, doch jetzt riefen Pflichten, Pflichten, die bald auch auf die Katzen zukommen würden, denn Flosse-Jungchen wurde alt. Er hatte schon unter Rheumatismus zu leiden, seine Beweglichkeit war nicht mehr dieselbe wie vor einem Jahr. Der Kater würde, sobald sich eines der beiden Jungtiere für die Fahrt zur See als geeignet herausstellte, sein Altenteil am Herd in der Stube in dem kleinen Kapitänshaus einnehmen dürfen. Aber noch sollten die Jungen die unbeschwerte Zeit genießen, dachte Hille mit einem liebevollen Blick auf die beiden Wildfänge.

Nachdem sie ein Teelicht angezündet hatte, heizte sie den Räucherofen ein, prüfte den reichhaltigen Fang vom Vortag, der über Nacht in einer gewürzten Salzlake gelegen hatte. Geschickt nahm sie die ausgenommenen Fische zur Hand, filetierte sie und legte die schönsten Stücke zur Seite, um sie später zu räuchern und fürs Weihnachtsfest zum Verkauf anzubieten. Vom Rest wollte sie eine Fischsuppe zubereiten, die sie ihrem Mann bei seiner Rückkehr servieren würde.

Nach getaner Arbeit ließ sie die Stiege zum Dachboden herunter. Dort lagerte alles, was das Jahr über wenig oder auch nie gebraucht wurde. Alte Gerätschaften, nach Mottenkugeln riechende Betttücher, Spielzeug der Kinder, aber auch See-Wetterberichte, die bis ins letzte Jahrtausend zurückreichten. Eine Kladde stand abseits, abgegriffener als die anderen. Hilla nahm sie, und seltsamerweise kreuzten sich dabei ihre Gedanken mit denen ihres Mannes, der just in diesen Augenblicken an die alte Geschichte dachte, die darin vermerkt war. Sie fröstelte, schüttelte sich, fing sich aber wieder, denn die kleinen Katzen waren ihr gefolgt und forderten Aufmerksamkeit. Dieser neue Spielplatz war ganz in ihrem Sinn. Sie jagten um die Kisten – der Staub wirbelte nur so auf –, und sie konnten sich vor lauter Lebensfreude fast nicht mehr einkriegen. Hilla ließ sich davon anstecken, vergaß das dunkle Buch und kümmerte sich stattdessen um ihr eigentliches Vorhaben.

Aus einer handbemalten kleinen Holztruhe entnahm sie den gesammelten Zimmer- und Tannenschmuck für Weihnachten. Wirklich viel lag nicht vor ihr, als sie die Truhe wieder schloss, aber mit dem Wenigen würde sie doch Licht und Farbe in den schönsten Abend des Jahres bringen, das war ihr noch immer gelungen. Dabei musste sie sich beeilen, denn die Tanne stand schon lange bereit, um für den großen Auftritt am nächsten Tag geschmückt zu werden. Hilla dachte wehmütig daran, dass sie, seit die Kinder aus dem Haus waren, Jahr für Jahr später mit den Vorbereitungen für den Weihnachtsabend begann. Sie musste sich sputen. Also warf sie die beiden Katzen, die es sich darin bequem gemacht hatten, aus dem mitgebrachten Korb und begann eilig damit, Kugeln, elektrische Kerzen, silberne Bänder und weiteren Schmuck vorsichtig und Schicht für Schicht hineinzulegen. Zuoberst kam immer die abgegriffene Kladde. Hilla schlug den Einband zurück und sah auf einen mit Tusche gezeichneten Kater – ein Tigerchen –, der vor einem aufgewühlten Meer auf einem der Betonblöcke am Pier saß. Darunter stand mit feinen Pinselstrichen, *Flosse 1903*. Hilla schloss den Deckel und hatte Mühe, die Katzenkinder wieder nach unten zu bekommen. Erst das Schütteln mit dem Karton, in dem sich das Trockenfutter befand, lockte die beiden von ihrem neuen Spielplatz. Dann war es auch schon Zeit, den Tee zu kochen und die Milch zu erwärmen, denn es ging auf den Mittag zu, und jeden Moment konnten ihr Mann und der Kater mit dem Fang zurückkehren.

*

So war es auch. Die Zeit auf See war nach anfänglichen Enttäuschungen über leere Netze schließlich doch noch erfolgreich zu Ende gegangen. Pflichtbewusst hatte Hinrichsen Schollen, Makrelen, Dorsche und Heringe wieder ins Meer zurückgeworfen. Er würde keinem einen Anlass geben, ihn der Fischereibehörde zu melden. Er vertäute seinen Trawler, setzte Flosse-Jungchen an Land, nahm die mit Fischen gefüllte Tonne und stellte sie auf den Leiterwagen, der wie immer noch dort stand, wo er ihn in der Nacht abgestellt hatte. Er bedankte sich mit einer tiefen Verneigung in Richtung Meer und machte sich auf den Heimweg. Flosse-Jungchen war nirgends zu sehen, aber auch das war wie immer. Der Kater war vorausgelaufen, prüfte sein Revier und tat, was auch immer so ein tierischer Hilfsmatrose nach einer Seefahrt anstellen musste. Er würde vor Hinrichsen am Kapitänshaus sein, das war so sicher wie die erfreuliche Tatsache, dass der Klabautermann an diesem Tag keinen Schabernack getrieben hatte.

*

Zu Hause angekommen, lag Flosse-Jungchen bereits am Ofen, und die beiden jungen Katzen hatten sich zu ihm auf den warmen Stein gelegt. Der Weihnachtsbaum war geschmückt, und die Fischsuppe stand dampfend auf dem Herd. Hinrichsen hatte zunächst den Fang versorgt und sich gerade an den Tisch gesetzt, als das Telefon klingelte. Er bat seine Frau, den Hörer abzunehmen, er selbst ging so gut wie nie an den Apparat. Dass sie beide einen anachronistischen Lebensstil pflegten, war ihm durchaus bewusst. Aber sie beide wollten es so, die Welt draußen nahmen sie mit zunehmendem Alter mehr und mehr als Bedrohung wahr. Ihr kleiner Kosmos sollte eine Bastion sein und bleiben, auch wenn die Kinder und Nachbarn sie im Scherz oft als *Dinosaurier* oder als *aus der Zeit gefallen* bezeichneten.

»Der Ortsvorsteher braucht zwei Kilo Flundern und will kommen, um sie abzuholen«, rief ihm Hilla vom Gang aus zu, wo das Telefon an der Wand hing. Hinrichsen nickte und ließ sich nicht weiter beim Löffeln seiner Suppe stören. Hilla stellte, kaum dass sie aufgelegt hatte, die frisch ausgenommenen Fische in einen mit Eis gekühlten Eimer vor die Haustür. Nicht lange danach konnte sie das Tuckern eines Schleppers hören. Der angekündigte Besuch war da. Der Ortsvorsteher Malte Svensen, den alle nur *Baas* nannten, sprang von seinem Gefährt und lief auf die Haustür zu und nahm die beiden jungen Katzen ins Visier, die den Behälter mit den Fischen umrundeten, am Deckel kratzten und vehement versuchten, an den Inhalt zu gelangen. Er kannte die Hinrichsens, aber hier schien es ihm doch an der Zeit, ein ernstes Wort mit der Familie zu wechseln.

»Ihr wisst«, hob er an, »das Gesundheitsamt sieht es nicht gern, wenn eure Katzen um die Fische herumschleichen, die ihr dann verkaufen wollt«, begann er mit grimmigem Gesicht seine Ansprache, als Fischer Hinrichsen ihn mit einer einladenden Geste in die warme Stube gebeten hatte und nach ihm die beiden Jungkatzen ins Haus schob.

»Baas«, eröffnete er gelassen seine Gegenrede, »in unserer Familie ist es Brauch, Katzen eine besondere Stellung zuzuschreiben. Seit Generationen sind sie unsere Hausgenossen und Hilfsmatrosen, und das hat seinen guten Grund.« Hilla hatte ihm während dieser ersten Worte die dunkle Kladde angereicht, die Hinrichsen nun öffnete, mit dem Finger auf die Zeichnung des Katers Flosse tippte und mit sicherer Stimme fortfuhr, während Baas den heißen Tee mit Sahne schlürfte, den Hilla ihm zugeschoben hatte. Baas ahnte wohl, dass das länger dauern würde, und ließ sich auf das weiche Sofa fallen.

»Es war im Jahr 1903, als unser Ahne, mein Urgroßvater, an Heiligabend frühmorgens gemeinsam mit seinem Bruder Fiete hinausrudern wollte, um wie an jedem anderen Tag im Jahr die Netze einzuholen. Damals gab es noch Heringe im Überfluss, auch Dorsche und Schollen, und es gab keine Einschränkungen hinsichtlich der Fangzeiten- oder Quoten.« Bei diesen Sätzen schaute Hinrichsen dem Ortsvorsteher direkt in die Augen. »Die See an diesem Weihnachtsmorgen war aufgewühlt, und der Himmel zeigte an, dass er einiges vorhatte an diesem Tag. Dunkle Wolken jagten zu einem unbestimmten Ziel, und der Horizont zeigte sich wie eine schwarze Wand. Trotzdem war mein Urahne gewillt, das Fischerboot zu besteigen. Sein Bruder war bereits im Boot, und er wollte ihm schon folgen, doch Kater Flosse, der sonst immer der Erste an Deck war, wenn es auf See ging, wehrte sich an diesem Tag mit Kratzen und Beißen dagegen, an Bord zu springen. Da half auch gutes Zureden nicht. Kaum hatte sich Flosse aus seinem Arm befreit, schoss er davon, drehte sich aber aus sicherer Entfernung noch einmal zu meinem Urgroßvater um. Dabei sah er ihm direkt in die Augen, was Katzen ja nicht gern tun. Aber in diesem Moment fixierte er ihn, und – so steht es hier in der Kladde – es kam ihm vor, als warne ihn dieser Blick eindringlich davor, es seinem Bruder, der schon wütend nach ihm rief, gleichzutun. Er zögerte, hin- und hergerissen zwischen seinen Pflichten und seinen Ängsten, entschied sich schließlich dafür, zurückzubleiben. Ja, er hörte auf die Stimme seiner Katze, und obwohl so ein Tier keine menschliche Sprache hat, um sich uns mitzuteilen, kann es sich mit seinen Mitteln äußern. Und in diesem Fall war es so eindeutig, dass er Flosse sofort verstand. Tiere spüren Naturereignisse früher auf als Menschen, muss er gedacht haben. Ihre Instinkte sind noch intakt. Selbst Fische, das weiß jeder, der nur ein wenig aufmerksam ihre Wege verfolgt, reagieren empfindlich auf Wetterkapriolen.« Hinrichsen machte eine bedeutungsschwere Pause und fuhr dann fort: »Darin, Baas, unterscheidet sich ein guter Fischer vom schlechten, denn die guten kennen die Verstecke und damit auch die Fanggründe. Wir können den Fisch *lesen*«, fügte Hinrichsen stolz hinzu. »Mein Urgroßvater stieg also nicht ins Ruderboot, und Fiete blieb nichts anderes übrig, als wieder an Land zu gehen. Andere ruderten hinaus und verschwanden bald hinter einem Wellenkamm. Sie konnten, ohne Schaden zu nehmen, die erste große Hürde überstehen und waren bald nur noch als schwarze Punkte auf einer weißen See auszumachen. Als dann der Regen einsetzte und der Wind zunahm, kehrten mein Großvater und Fiete voller Sorge an die Pier zurück und baten einige Männer aus Lüttjebüll, mit ihnen zu kommen und sich auf einen möglichen Hilfseinsatz vorzubereiten. Sie kamen alle, obwohl es der Heiligabend war und sie bei den Familien sein wollten. Einstimmig lobten sie Flosse, der sich an diesem Tag gegen das Meer entschieden hatte, das, wie sie sagten, *sein großes Maul zu weit aufgesperrt hatte*.

Schweigend und durchnässt standen sie am Ufer und suchten die Wellenberge ab. Hin und wieder waren einzelne Boote zu sehen, sie schienen die Oberhand über die See zu behalten und steuerten erkennbar den Rückweg an. Dann aber geschah das Unheimliche. Eine riesige Welle rollte vom Horizont auf den Strand zu, gebar eine fürchterliche Schlange, die die Boote verschlang, wie einst Jona verschlungen wurde. Danach herrschte unheimliche Stille, und mit einem Schlag war die See spiegelglatt. Die Männer an der Pier hatten all das hilflos mit ansehen müssen. Mein Urgroßvater dachte, dass das Ungeheuer mit den Opfern seinen grausamen Hunger gestillt hatte. Und obwohl alle, kaum aus der Erstarrung erwacht, hinausruderten, fand sich von den Verschollenen keine Spur mehr. Auch die Netze blieben unauffindbar. Inzwischen hatten sich alle erwachsenen Bewohner – auch ein paar ältere Kinder – an der Pier versammelt, denn das Unglück hatte sich wie ein Lauffeuer verbreitet. Die Frau von Fiete, Elsa, kam später auf meinen Urahnen zu und dankte ihm weinend. Und so laut, dass alle es hören konnten, rief sie nach Flosse.

Zum Glück hatte das Seefahrer-Schicksal die Seinen gnädig verschont, und er konnte noch viele Jahre unbeschadet zur See fahren; auch dank seines Katers Flosse, der stets bestimmte, wann er die Netze einholen durfte.

Seit diesem Weihnachtstag leben immer Katzen im Haus der Hinrichsens. Und immer wieder wählen wir ein geeignetes Tier aus, das wie damals Flosse mit auf das Boot kommt. Und mit Flosse-Jungchen habe ich einen, dessen Verbundenheit mit dem Meer so groß ist, dass er die Botschaften, die die See aussendet, verstehen kann und damit zum wertvollen Begleiter für mich geworden ist.«

Nachdem Jan Hinrichsen diese Eloge auf die Familienkatzen beendet und die alte Kladde zugeklappt hatte, herrschte eine feierliche Stimmung, die bald in muntere Gespräche überging, und das wiederum lockte die jungen Katzen an. Sie schlichen dem Ortsvorsteher um die Beine, der den Einkauf schließlich ohne ein weiteres kritisches Wort auf seinen Schlepper packte und nachdenklich noch einen schönen Weihnachtsabend wünschte.

Als die Kinder der Hinrichsens eintrafen und es zur Bescherung kam, fanden sich die jungen Katzen zu ihrer großen Freude erneut im Mittelpunkt und genossen die Spiele mit den Geschenkbändern und dem Papier, was sich in einem Durcheinander unter dem kleinen Christbaum befand. Flosse-Jungchen, der Kater, lag ganz oben auf dem Kachelofen und sah dem Treiben zu. Er konnte nicht ahnen, dass er im Winter des nächsten Jahres, kurz vor Weihnachten Vater eines kleinen Katers werden würde, noch konnte er wissen, dass auch dieser Flosse-Jungchen gerufen werden würde, aber bald alle nur noch Flosse zu ihm sagen würden. Denn auch dieser Kleine war nicht nur eins mit dem Meer – er wurde zum besten Hilfsmatrosen, den es seit Jahren gegeben hatte.

AM MEER

Er ist wieder einmal viel zu spät dran
Dabei hat er nur das Nötigste getan
Doch heute ist Weihnacht, was soll er da machen.
Er schließt seine Sachen sorgfältig ein
Und fahrt langsam heim.
Und denkt an zu Hause, an das, was geschieht
Sieht die Bilder vergangener Jahre
Auch diesmal vermutlich das gleiche Programm
Und das seit wann?
Sein Mädchen, sein Junge sind fast schon erwachsen
Der Abend für sie nur die lästige Pflicht
Das Gesicht seiner Frau, verschlossen und ernst
Obwohl alles duftet und leuchtet und strahlt
Malt Trauer den heutigen Tag.
Das Essen im Schweigen, Geschenke, und – gut
Er tut – hat doch alles für die Seinen getan
Seit wann haben sie nicht mehr zusammen gelacht
Hat daran gedacht, auf der Fahrt nach Hause
Eine kurze Pause, er muss noch schnell tanken
Und dann in Gedanken – so lang ist es her
Dabei sind es nur zwei kurze Stunden zum Meer.
Einmal Benzin und bitte vier Kerzen –
Und Ihnen, die Dienst hat, frohe Weihnacht von Herzen –
Lang steht er im Dunkeln vor seinem Haus
Holt dann aus der Garage die Decken heraus.
Nimmt seine Frau und die Kinder zur Hand, fährt übers Land

Nur zwei Stunden ans Meer.
Das ist lange her, viel zu lang her.
Tiefschwarz das Wasser, der Himmel erhellt
Und dann sind die Vier allein auf der Welt.
Er entzündet die Lichter, wärmt seine Frau
Schau, solange die Kerzen brennen
Werden wir in Gedanken unsere Namen nennen
Und schweigen, uns zeigen, was Weihnachten ist.
Das Leben ist diesmal unser Geschenk
Denk an das Wunder, das uns umfängt.
Die Kerzen verschwinden ganz langsam im Sand
Dennoch hält jeder des Anderen Hand
Ihnen ist warm, keiner steht auf
Sie schauen aufs Meer, zu den Sternen hinauf.
Danke dir Weihnacht, schreibt er in den Sand
Nie hab ich dich jemals schöner gekannt.

DAS IST DAS HAUS VOM NIKOLAUS

Konrad Winter, der pensionierte Mathelehrer, mochte die kalte Jahreszeit. Geradezu euphorisch aber stimmte ihn der Dezember mit seiner Festzeit. Kaum dass der Monat begonnen hatte, kümmerte er sich um die vorweihnachtliche Dekoration seiner ansonsten karg und nüchtern eingerichteten Wohnung. Die Hingabe, die er dabei an den Tag legte, erstaunte ihn selbst ebenso sehr wie die Blumenfrau am Marktplatz, bei der er den Rest des Jahres als Kunde eher selten auftrat. Jetzt schmückten Tannen- und Mistelzweige die hohen Räume, Schwibbögen standen an den Fenstern und das alte, in einem Antiquitätenladen erstandene Kerzenkarussell drehte sich leise klingend ohne Unterlass auf der Kommode. »Muss was mit meiner Kinderzeit zu tun haben, diese Weihnachtsbegeisterung«, dachte er zuweilen, wenn er all die Schmuckstücke betrachtete, ohne die verborgenen Ursachen seines Verhaltens genauer erforschen zu wollen. Viel lieber war es ihm, jedes Jahr eine neue Kostbarkeit zu erstehen, mal Besinnliches oder auch Fröhliches, Originelles, jedenfalls etwas Festliches.

Wie an jedem anderen Adventsabend zündete er, kaum dass es dunkel geworden war, die im Wohnzimmer großzügig aufgestellten Kerzen an, freute sich an ihrem warmen Licht und trat ans Fenster. Seit er sie ausgesprochen hatte, plagte ihn die Bitte des Bürgermeisters, am Nikolausabend im Weihnachtsmannkostüm vor den Geschäften am Marktplatz aufzutreten, den Kindern kleine Geschenke zu überreichen und ihnen an diesem Tag Schutzpatron zu sein. Weshalb der Mann gerade auf ihn gekommen war, entzog sich jeder Logik. Prüfend betrachtete er sein Gesicht in der spiegelnden Scheibe. Nichts darin erinnerte ihn an das klassische Bild vom Nikolaus, wie es jeder kennt. Rein gar nichts. Allein deshalb dachte er daran, die Bitte rundweg abzuschlagen. Verkleidung ist Lüge! Diese Meinung hatte er schon als Lehrer vertreten und strikt von seinen Schülern gefordert, zu ihren Fähigkeiten zu stehen und sich nicht hinter Masken zu verstecken. Andererseits lieben es Kinder, Schauspielern zuzusehen und selbst Theater zu spielen. »Weil Illusion die Prosa des Lebens ertragen hilft«, hatte ihm eine alte Kollegin geantwortet, als er um Rat wegen des Nikolausauftritts fragte: »Konrad, du liebst es, dass sich die Welt farbig präsentiert, aber du willst kein Teil ihres Spektakels sein. Ein wenig feige, oder?!«

Zwei Tage später war es so weit. Konrad verließ nach dem Mittagessen seine Wohnung und lief zögerlich über den angrenzenden Marktplatz. Als ginge es um eine kleine Reise, hatte er sich in jeder seiner Taschen noch Mandarinen als Wegzehr gesteckt. In der Boutique am Eck dann wurde er von zwei Vertreterinnen des Handels- und Gewerbevereins unter deren Fittiche genommen und in einen roten Mantel gesteckt. Er wurde geschminkt, bekam weiße, buschige Augenbrauen und einen langen, weißen Bart angeklebt. Als er sich schließlich im Spiegel betrachtete, sah er darin nicht mehr den pensionierten Lehrer Konrad Winter, sondern einen Nikolaus, wie er echter nicht sein konnte. Fast ehrfürchtig neigte er den Kopf vor seiner eigenen Erscheinung. Dann war er bereit, und als er hinaustrat, begann es, als wolle ihn der Himmel unterstützen, ein wenig zu schneien.

Nicht lange, und die ersten Kinder näherten sich zaghaft. Die Kleinsten drückten sich an ihre Mütter, Ältere kamen allein, und wieder andere hatten offenbar ihre Väter dazu überreden können, sie zu begleiten. Für jeden gab es etwas aus dem großen Sack, und ganz Mutige sagten Gedichte auf. Aber wie eine Insel zog das Geschehen auch Erwachsene an und zauberte ihnen ein Lächeln ins Gesicht. Selbst jene, die sonst eilig den Platz überquerten, blieben stehen und betrachteten die Szenerie. Der Marktplatz wurde mit Erinnerungen gefüllt, mit denen, die vorhanden waren, und denen, die gerade entstanden.

Es war schon gegen Ende seines Einsatzes, als Konrad zwei Kinder auffielen, die, obwohl sie ihre Geschenke längst bekommen hatten, noch immer um ihn herumschlichen. Sie rückten näher und näher heran. Ein Mädchen von vielleicht elf oder zwölf und an ihrer Hand ein kleiner Junge, der knapp fünf Jahre alt sein musste. Vermutlich Geschwister, dachte Winter, die Gesichter der beiden betrachtend. Irgendwann, als es ruhig geworden war, sprach ihn das Mädchen an: »Du bist doch gar kein Nikolaus! Den gibt es nämlich nicht!« Der Kleine stand daneben und starrte auf seine Stiefelchen.

Dieser frontale Angriff verwirrte Winter. Da er nichts entgegnen konnte, tat er so, als habe er nichts gehört, forderte die beiden stattdessen auf, nach Hause zu gehen, es sei schon spät geworden, auch er müsse jetzt aufbrechen. Der Kleine zerrte augenblicklich am Anorak der Schwester, die aber rührte sich nicht von der Stelle. Dann eben ich, entschied Winter, machte kehrt und betrat nachdenklich die Boutique; es war nun wirklich an der Zeit, den Auftritt, der ihm im Laufe des Nachmittags fast zur Passion geworden war, zu beenden. Aber als Konrad sich zur Umkleide begeben wollte, sah er aus den Augenwinkeln, dass die beiden ihre Nasen am Schaufenster plattdrückten und ihn beobachteten. Dabei rührte ihn besonders das Gesicht des Kleinen, der offensichtlich seiner naseweisen Schwester nicht zu glauben schien und den Nikolaus hoffnungsvoll und mit großen Augen anstarrte. Konrad Winter überlegte angestrengt, griff nach einer Mandarine und nahm schließlich nur seinen Hausschlüssel an sich. Ohne sich umzuziehen, verabschiedete er sich vom Besitzer und verließ die Boutique in voller Nikolausmontur. Die Kinder, die ihn die ganze Zeit nicht aus den Augen gelassen hatten, traten einen Schritt zurück. Doch falls Konrad gehofft hatte, jetzt unbemerkt nach Hause zu kommen, sollte sich das als Irrtum erweisen. In der Mitte des Platzes, dort wo die große Tanne aufgestellt worden war, stellte er fest, dass ihm die beiden in einem etwas größeren Abstand noch immer folgten.

»Was mache ich, was mache ich jetzt nur?«, schoss ihm durch den Kopf, ständig die vertrauensvollen Blicke des Kleinen vor Augen. »Das hätte ich mir ja denken können! Niemals hätte ich mich darauf einlassen dürfen.«

Er umrundete den Weihnachtsbaum in immer engeren Kreisen, wobei die Kinderaugen jeden seiner Schritte verfolgten. Wie ein Tiger im Käfig fand er sich in seiner Rolle gefangen, und unfähig, klare Gedanken zu fassen, nahm er Nebensächliches dankbar wahr. Menschen, die ihm zuwinkten, Tauben, die auf den Kopfsteinpflastern nach Krümeln pickten, eine getigerte Katze, die lauernd den günstigsten Moment abwartete, sich einen der Vögel zu schnappen, die Rathausuhr, deren Zeiger laut vorrückten, die handgeschnitzte Eule vor dem Blumengeschäft. Und plötzlich, als hätte ihm jemand die Lösung zugeraunt, hielt er ein; sein Haus ... sein Haus war doch ... an diesem Abend das Haus vom Nikolaus.

Entschlossenen Schrittes ging er auf die beiden Kinder zu und sprach sie mit tiefer Stimme an: »Hört, ihr zwei! Ich muss noch einen Besuch machen«, wobei er auf sein Wohnhaus zeigte, »um dort einem kranken Kind ein Geschenk zu bringen. Dann werde ich meine Rentiere einspannen, die schon auf mich warten«, dabei deutete er auf das flache Hausdach, »um mit ihnen nach Lappland zu fliegen. An einem geheimen Ort haben meine treuen Helfer, die Engelchen, bereits wieder einen neuen Jutesack gefüllt!« Das Mädchen schüttelte den Kopf, der kleine Bruder dagegen strahlte den Nikolaus aufgeregt an, als wäre er ohne jeden Zweifel überzeugt, an etwas Wunderbarem teilhaben zu dürfen.

Ohne die Kinder weiter zu beachten, verschwand Winter hastig im Haus, wobei er die Tür kräftig hinter sich zuzog. Noch auf der Treppe riss er den angeklebten Bart und die Augenbrauen aus Watte herunter und schlüpfte, kaum in seiner Wohnung angekommen, aus dem Mantel und den schweren Stiefeln. Er wollte nur noch für sich sein. Aber als er ans Fenster trat, um die Vorhänge zu schließen, sah er die beiden Kinder noch immer auf dem fast menschenleer gewordenen Marktplatz stehen. Sie froren sichtlich, bewegten sich aber nicht von der Stelle.

Konrad holte seinen Anorak, verstaute die Nikolaus-Utensilien im Schrank, und als er bald darauf die Stufen hinabstieg, erinnerte seine Erscheinung nicht mehr an einen Weihnachtsmann. Dennoch ging er geradewegs auf die beiden zu und sprach sie an: »Es ist spät, ihr friert, geht nach Hause, Kinder, der Nikolaus musste weiter, das seht ihr doch ein?« Der kleine Junge griff mit einer eiskalten Hand nach ihm. Das Mädchen dagegen behielt die Arme um sich geschlungen, und ihre Antwort kam fast trotzig: »Eh keiner da.«

»Na gut«, erklärte Winter bestimmt: »Gehen wir zu mir, ihr wärmt euch bei einer Tasse heißer Schokolade auf, und dann bringe ich euch nach Hause.«

So saßen ein pensionierter Mathelehrer und zwei Kinder in einer weihnachtlich geschmückten Wohnung, deren Pracht unvermittelt einen Sinn erhalten hatte, tranken heiße Schokolade, erzählten voneinander und lachten zusammen.

Später, vor dem elterlichen Haus, verabschiedete er sich von ihnen. »Ihr seid mir jederzeit willkommen«, sagte er und war schon wenige Schritte gegangen, als er die Stimme des Mädchens hörte, das sich nicht bemühte, leise zu reden: »Ich glaube, es gibt ihn doch, den Nikolaus!«

DAS SCHAUKELPFERD

Kein Fest, auf das man länger wartet,
Das schon im Herbst im Kaufhaus startet,
Lebkuchen, Stollen, Nikolaus,
Die Händler rechnen sich was aus,
Für die ergibt sich schon ein Sinn
In möglichst hohem Geldgewinn,
Sinniert ein alter Herr im Stillen.
Ach, ginge es nach seinem Willen,
Dann gäb's darüber keinen Streit:
Erst der Advent, *dann* Weihnachtszeit.

Dies zwingt ihn ernsthaft zu bedenken,
Was kann er seinem Enkel schenken?
Der ist noch klein, doch häuft er auf,
Was sich im bunten Jahreslauf
An Spielzeug bei ihm eingestellt.
Zu viel für eine kleine Welt.

Nach nächtelangem Überlegen
Kam die Idee, auf alten Wegen,
Und sie erschien ihm ganz von Wert:
Er dachte an ein Schaukelpferd.
Mit blauen Augen, weißem Kopf,
Darauf ein blütenweißer Schopf,
Ein Körper mit galanten Streifen
Zum Lenken und um zuzugreifen,

Und Kufen, die zum Himmel zeigen.
Seitlich ein Tritt, um aufzusteigen.
Gerade war es noch Vision,
Da stand das schmucke Pferdchen schon.

An Heiligabend, Glanz im Zimmer,
Bei Weihnachtsliedern, Kerzenschimmer,
Beim Duft von Keksen, Mandarinen,
Ist dann das Christkind leis erschienen.
Vor lauter Päckchen unbemerkt
Stand weit vom Baum das Schaukelpferd.

Die Eltern flüsterten pikiert:
Dass sich der Alte nicht geniert!
Ein Holzpferd, dazu selbstgebaut,
Wo hat er sich das abgeschaut?

Wär' nicht ein Snowboard angemessen,
Der Kleine war davon besessen!
Vielleicht ein Tablet, eine Uhr,
Was dachte sich der Opa nur?

Trotz dieser eitlen Reaktion
War das Geschenk die Attraktion.
Bemaltes Holz und Messingschrauben,
Sie zaubern Glanz in Kinderaugen.

Der Opa nutzt die Gunst der Stunde.
Er schaut in die Familienrunde
Und sagt dann sanft, und still und weise:

Mein Junge, geh' nun auf die Reise.
Dies Zauberpferd ist für dich da
Von hier bis nach Amerika.
Verweile nur, wo's dir gefällt,
Dann reite weiter durch die Welt.

Und hui – galaktisch in der Ferne,
Da warten schon die hellsten Sterne.
Benutze deine Energie.
Das Wichtigste ist Fantasie!

Der Junge greift die bunten Zügel,
Schon ist er auf dem ersten Hügel.
Nichts hält ihn mehr, er reitet fort,
Nur er kennt diesen fernen Ort.
Taucht tief ins dunkle Weltall rein
Und schläft dann auf dem Pferdchen ein.
Im Traum ist dort der Weihnachtsmann,
Der Wundersames zaubern kann.

DIE KUTSCHE

Beim vorweihnachtlichen Bummel durch das Einkaufszentrum hatte ich mich schon seit einiger Zeit erfolglos durch die Menschenmassen gezwängt, als ich fast zwangsläufig auf die silbern glänzende Kutsche in originaler Größe stieß, die von keiner Richtung zu verfehlen war. Sie wurde, hoch auf dem Kutschbock sitzend, von einem Engelspaar gelenkt, das sich zu Klängen von *Jingle Bells* im Takt wiegte und den Eindruck erweckte, als ob sich das Gespann bewegte. Vor der Deichsel waren hölzerne Pferde gespannt, die echten Tieren verblüffend ähnlich sahen, und im Wagenkasten türmten sich Plüschtiere wie Bären oder Leoparden, aber auch Puppen, Spielzeugautos und kleine Weihnachtsmänner. Schneeflocken aus Wattebäuschen, die in langen Strängen von einem Wolkenhimmel herunterhingen, erzeugten die kitschig weihnachtlich-winterliche Stimmung, auf die das Design des Einkaufszentrums insgesamt ausgerichtet war. Mich aber nahm der Anblick gefangen, denn die Kutsche holte eine Erinnerung in mir hervor, die mich alles ringsherum vergessen ließ. Die Erinnerung an das schönste Weihnachtsfest, das ich je als Kind erleben durfte. Und vielleicht nicht nur als Kind.

Es war die Zeit, als wir nach glücklosen Geschäften unseres Vaters bei meinem Großvater untergekommen waren. In seinem Haus wies er meinen Eltern zwei enge Zimmer im Dachgeschoss zu. Es war stickig unter dem Dach, und wir vier Kinder mussten uns einen Raum teilen. Ich aber erlebte weder die beengte Wohnsituation noch die gesamten Umstände des Ortswechsels als belastend und durfte mich im Haus und auf dem Grundstück der Großeltern ungehindert bewegen. Es gab überall etwas zu entdecken, und alles war frei zugänglich. Nur ein Ort blieb tabu. Eigentlich war es nicht der Ort, sondern das Objekt, das dort stand. *Die Kutsche!* Sie war in der gemauerten Scheune untergebracht und hatte mehr Platz für sich als wir vier Enkelkinder in unserem Zimmer. Wir waren am ersten Ferientag eingezogen, und ich erinnere mich, dass Großvater auf dem Hof neue Gummiräder an das Fahrwerk der Kutsche montierte. Die Reifen bräuchten mehr Profil, damit er Touristen – die damals noch Fremde genannt wurden – auf den Hausberg fahren könne. Denn zum Laufen seien diese Fremden zu faul oder zu kurzatmig oder beides zusammen. Dennoch sollten sie ihre gekauften Plätze nicht noch mit jemandem teilen müssen, war Großvaters Antwort, als ich fragte, ob ich mal mit ihm fahren dürfe.

Die Kutsche, oder wie sie Großvater nannte, der Zweispänner, wurde von Severin und Beppi gezogen. Arrogante Kaltblüter, die wir jeden Morgen noch vor Schulbeginn striegeln mussten, als ob sie über Nacht eine Ladung Staub abbekommen hätten. Und auch die Hufe mussten wir auskratzen, wobei Beppi so kitzelig war, dass er ständig nach uns trat. Severin war freundlicher und schnaubte uns oft vor Wohlbehagen ins Ohr.

Als die Touristen kamen und in die Fremdenzimmer des Hauses zogen, änderte sich meine Einstellung allerdings schleichend ins Unzufriedene. Heute kann ich dieses Gefühl als

Neid bezeichnen, damals fand ich es einfach nur ungerecht, dass wir unter dem Dach und die Gäste in den großen, hellen Zimmern leben durften. Auch die Kutsche verlor ihre Anziehungskraft!

Pordoo! Die Farbe der Kutsche ist Pordoo! Lina, das Hausmädchen, bestand darauf, dass die glänzenden Flanken der Kutsche nicht in schlichtem Weinrot, sondern *bordeauxfarben* glänzten. Vor jeder der nun fast täglich stattfindenden Ausfahrten kam sie mit einem Wolllappen angerannt und wischte über die polierte Fläche. Erst wenn sie sich darin spiegeln konnte, durfte der Großvater mit einem Schnalzer die Pferde auf Trab bringen.

Manchmal rannten wir der Kutsche hinterher, doch Severin und Beppi ließen das nicht auf sich sitzen. Sie zogen das Tempo an, und wir hatten das Nachsehen. Als wir dann atemlos auf dem Hausberg eintrafen, war *die gute Decke* längst auf der Almblumenwiese ausgebreitet, und Großvater holte den gefüllten Korb hervor, packte belegte Brote, Limonade und Gläser aus. Die Fremden griffen hungrig zu, als hätten sie einen strammen, siebenstündigen Marsch hinter sich, und auch Beppi und Severin wurden abgespannt und durften grasen. Dass sie dabei von den Kühen angeglotzt wurden, die sich gestört fühlten und wütend mit ihren Glocken schlugen, interessierten weder Severin noch Beppi. Eine derart saftige Mahlzeit wollten sie sich nicht von Kühen verderben lassen. Pferde standen, so ihr Gebaren, in der Nahrungskette weit über dem Hornvieh.

Wir Geschwister, zwei Mädchen und ein Junge, beobachteten die Gäste aus sicherer Entfernung. Dabei weckten die Lackschuhe mit glatten Sohlen und die gekringelten Söckchen mit Spitzenrand immer mehr unser Interesse. Solche Schuhe hatten wir noch nie gesehen. Vater hatte auch immer gestöhnt, wenn wir wieder einmal zu kräftig gewachsen waren und er mit uns zum Schuster musste. Für ein paar schwarze Lackschuhe hätte ich alles getan. Sogar die Kutsche gezogen, aber auf so ein Wunder brauchte ich erst gar nicht zu hoffen. Zwiegenähte Stiefel, hart wie ein Amboss und ohne wärmendes Innenfutter, so sah mein Schuhwerk aus. Blasen und Abschürfungen an den Knöcheln waren ständige Begleiter, und erst nach Wochen schmerzender Tragezeit wurde es besser.

Den Gästen galt die ganze Aufmerksamkeit der Großeltern. Wie hätte ich als Kind verstehen sollen, dass sie das Einkommen der Familie sicherten, wenn die Ernte wieder einmal zu schlecht ausgefallen war, ja, dass sie sogar den Wohlstand in unsere Gegend brachten? Ich sah nur, die Fremden bekamen jeden Tag die frischen Eier unserer fleißigen Hühner, den Speck unserer Schweine, die für sie geschlachtet wurden, die Marmelade, die aus den Früchten gekocht war, die wir gesammelt hatten. Und der Gipfel war, dass meine Mutter jeden Tag Weißbrot buk, das wir nur an Ostern zu essen bekamen. Jeder Brotzeitkorb, den Großvater an den Rand der Decke stellte, enthielt Dinge, die wir noch nicht einmal an Weihnachten oder Ostern bekamen. Trauben zum Beispiel. Dicke grün-gelbe Trauben aus Meran, Bananen und rotbackige Äpfel, Semmeln und milchweiße Butterstücke, Salami und Käse, so groß wie Kuchenstücke. Und meist pickten die Gäste nur in all den Köstlichkeiten herum, vermissten dies und jenes, und es kam kein *Vergelts Gott* über ihre Lippen.

Uns Kindern, hinter Bäumen und Büschen versteckt, lief

das Wasser im Mund zusammen, und wir waren uns einig, dass die Feriengäste dorthin sollten, wo der Pfeffer wächst! An diesen Ort wurde alles verbannt, was unserer Meinung nach wegmusste. Dass unser Bruder eines Tages Gewürzhändler werden sollte, war eine Laune des Schicksals. Seine Schwärmereien für Südindien, Madagaskar, Sri Lanka oder Brasilien erinnerte uns bei jedem späteren Zusammentreffen kopfschüttelnd an die Entbehrungen und unseren Zorn auf die Gäste. Diese kamen aus Berlin oder Hamburg, aus Frankfurt oder Hannover und redeten viel und viel zu schnell. *Ach Gottchen, mein Gott ist das entzückend, du lieber Gott, ist das überwältigend …* Unter dem Herrgott ging es nicht.

Aber dort auf der *guten Decke* saßen sie, fächerten sich die würzige Landluft zu und löcherten den Großvater mit Fragen. Ob er alle Berge schon bestiegen hätte. Sie hatten doch keine Ahnung, wann er das hätte machen sollen? Er fuhr Tag für Tag die Gäste durch die Gegend, mähte zwischendurch die Wiesen, hob das gemähte Gras auf *Huinzen*, damit es trocknete, nahm das Heu schließlich auf seine Schultern und trug es zur Scheune, wo er es unter dem Dach verstaute. Er sorgte für Holz, und er sorgte für die Tiere. Beim Abendessen sprach er das Tischgebet, wobei er nie vergaß, den Herrgott um Gäste zu bitten, wenn es möglich sei, nicht so viele *Preißn*, weil die zu viel redeten.

Als nach den großen Ferien die Schule wieder begann, riss der Strom der Feriengäste ab, und die Kutsche wurde wieder in die Scheune gestellt und mit Planen abgedeckt. Lina wusch die *gute Decke* und verstaute sie mit einem Stück Lavendelseife im Schlafzimmerschrank der Großeltern. Severin und Beppi durften auf die Koppel und ihrerseits die arbeitsfreie

Zeit genießen. Das galt nicht für uns. Wir sammelten Obst und Nüsse und mussten der Großmutter beim Einwecken helfen. Riesige Töpfe mit Zwetschgen und Kirschen von der Obstwiese. Auch Gemüse aus dem Garten wurde eingekocht. Die Vorratskammer füllte sich wieder. Wenn dann das Obst getrocknet wurde, wussten wir, zur Adventszeit war es nicht mehr lange. Aus dem Trockenobst zauberte Lina ein Früchtebrot mit Nüssen. Zuckersüß und fruchtig, auch weil sie Zitronat und Orangeat daruntermischte. Die kleinen Laibe durften sich in der kühlen Speisekammer ausruhen und wurden von uns Kindern begehrlich beäugt. Nach und nach kamen Ausstecherle, Zimtsterne, Spekulatius und Vanillekipferl dazu. Spätestens da zog die Großmutter den Schlüssel zur Speisekammer ab, und nicht einmal Großvater durfte sie betreten. Wir Kinder bekamen die neuen Schuhe, und das Herumtollen im Schnee versöhnte uns mit dem harten Leder. Wenn Beppi vor den Hornschlitten gespannt wurde, wussten wir, jetzt wird der Weihnachtsbaum geschlagen. Wir durften auf dem riesigen Schlitten, eingehüllt in kratzige Pferdedecken, mitfahren, doch es kam uns vor, als wären wir Königskinder. Mit dem schönsten Baum des ganzen Waldes trabte Beppi gemächlich zurück, und nicht selten rächte sich eine verschmähte Tanne mit einer Ladung Schnee auf unseren Kopf, wenn wir unter ihr hindurch fuhren.

Zu dieser Zeit hatte Großvater längst wieder neue Figuren für die Krippe geschnitzt. In diesem Jahr kamen Severin und Beppi dazu, auch unser bestes Legehuhn Hanni. Aber weil nichts mehr zu tun war, schnitzte er noch eine langhalsige Giraffe, einen Kakadu mit Federkrone und eine kleine Mäusefamilie. Obwohl Großmutter protestierte, weil sie darin keine christliche Tradition erkennen konnte, stellte sich der Großvater quer. Wenn Gott diese Tiere erschaffen habe, dürften auch sie in die Krippe. Und so wurde es gemacht. Wir Kinder konnten uns nicht daran sattsehen, und Opa stand sichtlich stolz hinter uns, während die Großmutter noch immer haderte. Aber bald vergaß sie ihren Ärger. Sie arbeitete von früh bis spät. Gemeinsam mit unserer Mutter und Lina wurde das gesamte Haus geputzt, die Vorhänge wurden gewaschen, die Betten neu bezogen, und als wäre das noch nicht genug, schloss sie sich am Abend in der Nähstube ein. Unsere kleine Schwester war wie schon im Jahr zuvor unglücklich, weil ihre Puppe plötzlich verschwunden war, und wir konnten sie nur damit trösten, dass das Christkind sie geholt habe und an Heiligabend zurückbringen würde.

Es war wie immer. Und doch wurde dieses Weihnachtsfest ein ganz besonderes.

Der Heilige Abend stand bevor. Wir Kinder wurden in unser Zimmer geschickt, Lina musste als Wachposten davor ausharren. Ein Getrappel vom Schlafzimmer in die Stube deutete auf ein reges Tun, aber wir hörten kaum hin, denn wie immer knieten wir auf der Bank vor dem Fenster, um einen Blick auf das Christkind zu erhaschen. Eisblumen verhinderten die freie Sicht, die Scheiben waren von innen und von außen beschlagen. Wir taten unser Bestes, um die zähen Gebilde abzukratzen. Aber es war zu spät, denn mitten hinein erklang die kleine Glocke, das Zeichen für uns, in die Stube zu gehen. Dort stand unser schöner Baum geschmückt wie zu seiner Hochzeit. Vater hatte seine Gitarre hervorgeholt und die Großmutter ihr Knopfakkordeon. Sie stimmten ein Weihnachtslied an, dann noch eins, und erst nach der

Stillen Nacht legten sie die Instrumente zur Seite. Während Großvater die Weihnachtsgeschichte las, suchten unsere Augen die Geschenke. Wir wussten, es gab sie erst nach der Mette. Eines für jedes Kind. Auch die Puppe unserer kleinen Schwester, hoffte ich. Unsere Wünsche würden wie immer zwar nicht in Erfüllung gehen, aber das machte nichts. Wir würden uns trotzdem freuen, auch wenn es nicht die Schlittschuhe waren oder die Eisenbahn. Was die Eltern oder unsere Großmutter vom Christkind bekommen würden, auch das blieb noch ein Geheimnis. Dann setzten wir uns an den Tisch, der liebevoll mit Tannenreisig geschmückt war.

Spät brachen wir zur Christmette auf. Der Großvater war schon seit einer Weile verschwunden, wir dachten, dass er noch eine Pfeife rauchen wollte, doch so war es nicht. Als wir vor die Tür traten, stand die Kutsche da. Statt der Räder war das Fahrgestell mit Kufen versehen worden. Severin und Beppi waren schon eingespannt, und mir kam es vor, als würde mir Beppi zuzwinkern, vielleicht hatte er auch nur eine dicke Schneeflocke weggedrückt, die sich auf seine Wimpern gesetzt hatte. Fackeln steckten in der Halterung und flackerten heftig im Wind. Großvater öffnete die bordeauxfarbige Klappe und half zunächst unserer Großmutter in das Gefährt. Dort lagen, liebevoll ausgebreitet, weiche, warme Lammfelle. Meine Mutter stieg ein und dann wir Kinder. Lina zuletzt. Unser Bruder saß mit Vater und Großvater auf dem Kutschbock. Niemand sprach, und die Pferde zogen an. Sogleich waren Glöckchen zu hören, die das Kummetgeschirr zierten. Großvater lenkte das Gespann die Dorfstraße entlang, leitete es an der Schule vorbei zum gefrorenen Dorfweiher und schließlich zur Kirche. Drinnen war es bedrückend eng, aber das störte mich nicht, denn meine Gedanken waren so angeregt, sie brauchten nur den Platz über den Köpfen. Und dort versammelten sie sich. Die erste Kutschfahrt, kicherten sie, in der *pordoo*farbigen Kutsche. Mochten die Fremden im Sommer noch so oft und so lange damit herumgefahren sein, diese Fahrt zur Kirche, im Schnee mit Fackeln und Glöckchen werden sie niemals erleben. Die ist nur für uns, sagten mir die Gedanken, und ich holte sie wieder zu mir, denn die Christmette war zu Ende. Auf der Heimfahrt redeten wir alle durcheinander, lachten und sangen. Und dann ging die Fahrt über mondhelle, tief verschneite Straßen ins Nachbardorf. Großvater drehte sich zu uns um, als wir dort angekommen waren. Wir sahen, dass er seine Pfeife im Mund hatte, und freuten uns, weil die Kutschfahrt noch länger andauern würde. An einer Kreuzung bogen wir in eine Seitenstraße ab, und das Gefährt hielt vor einem hell erleuchteten, schindelgedeckten Bauernhaus. Großvater stieg bedächtig vom Kutschbock und breitete seine Arme aus. *Das ist*, sagte er feierlich, *euer neues Zuhause*.

Ich drückte mich und meine kleine Schwester ganz fest in die weichen Lammfelle, und in diesem Moment war es, als würde uns die Kutsche umarmen.

KARLS KATZE. ODER WIE ES HÄTTE SEIN KÖNNEN

Karls Katze verließ so gut wie nie auf eigenen Pfoten ihre vier Wände. Sie kannte weder das Land ihrer Urahnen (Birma oder Myanmar, wie es heute heißt), noch streifte sie durch die Gärten und Straßen von Paris. Sie sei dafür zu weiß, zu blauäugig und zu sehr den Menschen zugewandt, dieser Ansicht war jedenfalls Karl. Er hätte nicht eine seiner Modelinien zustande gebracht, wäre seine Katze nicht an einem sicheren Ort, also in seiner Nähe gewesen. Auch der enge Kreis seiner Vertrauten sah das so. Die Leute im Studio, seine Haushälterin, die Köchin, die Reinigungsfrau und nicht zuletzt die Concierge. Sie alle achteten auf die Katze und vertrauten ihrer eigenen Überzeugung, dass, egal ob Tier oder Mensch, keiner das luxuriöse Leben eines komfortablen Appartements mit dem Leben auf der Straße tauschen wollte.

Trotzdem passierte genau das.

Die Adventszeit war angebrochen, und überall leuchtete und klang es zu den Fenstern herauf. Es duftete nach feinem Gebäck aus der Boulangerie, roch nach saftigem Schinken aus der Boucherie und glitzerte wie aus tausend bezaubernden Augen. Von einem Heizpilz zog Wärme die Hauswand empor, und ringsum spielte fröhliche Musik, die den Straßenlärm vergessen machte. Die Katze sah, roch und hörte all das auf ihrem weichgepolsterten Fensterplatz, und eine Sehnsucht machte sich unter ihrem halblangen Fell breit. Genau dort, wo das kleine Herz schlug.

Sie büxte bei der ersten günstigen Gelegenheit aus. Eine

Unachtsamkeit der Haushälterin oder der Reinigungsfrau, genau ließ sich das trotz der energischen Schuldzuweisungen nicht mehr feststellen. Zu allem Unglück war die Concierge mit dem Betrachten der reichlich eingetroffenen Weihnachtskarten beschäftigt gewesen. Sie hatten ihre ganze Aufmerksamkeit auf sich gezogen, denn die Motive der bebilderten Weihnachtswünsche waren überaus kreativ und oft prächtig gestaltet. Funkelnde Tannenbäume, wolkenweiche Engel, Kugeln in allen Farben, bärtige Nikoläuse auf Rentierschlitten und märchenhafte Winterwälder, als wären sie greifbar nahe, waren zu verführerisch gewesen. Kurz, die Concierge erlag der Weihnachtspracht und bemerkte nicht, wie die Katze, als wäre es ihr tägliches Ritual, hinter dem Postboten durch die offene Eingangstür schlüpfte. Draußen blieb sie, ganz nach Katzenart, zunächst einmal auf dem marmornen Vorplatz sitzen. Weil es aber kalt war, schüttelte sie sich und bauschte ihr weiches Fell auf. Schließlich setzte sie Pfote für Pfote auf das Trottoir.

Bald schon wurde ihr der Menschentrubel lästig. Sie wurde geschubst und gestoßen, zur Seite gedrängt und verscheucht. Diese neue und völlig fremde Erfahrung trieb sie in eine kleine Gasse, die sich zwischen zwei eng aneinandergedrängten Häusern auftat. Sie floh förmlich hinein und fand sich vor einer schweren Holztür wieder. Hastig atmend kauerte sie vor einer kreisrunden Öffnung, die mit passender Klappe versehen war. Der Hausherr hatte die bewegliche Durchlassscheibe wie eine Bahnhofsuhr mit zierlichen Ziffern in grüner Farbe bemalt.

Keine Katze kennt Isaak Newton, doch der kannte seine Katzen. *Spithead* war ein unruhiger Geist, und weil Newton ständig von ihr gestört wurde, entwickelte er so nebenbei die Katzenklappe. Karls Katze profitierte – wie tausend andere zuvor – von dieser Erfindung und drückte sich nach kurzem Zögern hindurch. Neugier und Angst trieben sie ins Ungewisse. Sie verengte ihre Pupillen, um in der Dunkelheit des Hausflurs einen Weg zu finden, entdeckte aber bald einen Lichtstrahl, der unter einer schiefen Holztür hindurchschimmerte. Jämmerlich klang ihr *Miau*, ein Laut, den alle Katzen der Welt den Menschen vorbehalten haben. Der Ruf blieb nicht ungehört, und bald schon stand ein alter Mann vor ihr, den eine fremde Katze in seinem Haus offensichtlich nicht überraschte. Im Winterhalbjahr kamen täglich Katzen aus der Nachbarschaft herein. Manche waren so vertraut mit ihm, dass sie um seine Beine strichen oder auf seinen Arbeitsplatz sprangen, andere warteten schüchtern auf ein Schüsselchen Milch. Das war er also gewohnt und holte mit den Armen weit aus, um Karls Katze in seiner Uhrmacherwerkstatt willkommen zu heißen. Der alte Meister klemmte aus Gewohnheit eine Lupe an sein Auge und betrachtete den Neuankömmling interessiert.

Der Anblick von Karls Katze ließ ihn einhalten.

»Neu hier?«, fragte er in ihre Richtung und bückte sich, um über das weiche Fell zu streichen. »Du bist zu schön für die Straße«, sagte er versonnen, »viel zu schön«, und suchte unter dem dichten Fell nach einem Halsband und einem etwaigen Erkennungszeichen. Doch die Katze hatte nur ein mit Strass besetztes, schmales Kettchen angelegt bekommen, dafür gedacht, den Besitzer zu kennen, nicht um ihn zu finden. Kopfschüttelnd nahm der alte Herr eine Hand voll Trockenfutter und bot es ihr auf einem Teller an. Doch die Katze wusste nichts mit den krümeligen Stückchen anzufangen. Kalbsleberpastete, zartes Hähnchenfleisch, in mundgerechten Stücken serviert, etwas Rinder-Carpaccio am Abend, fettreduzierte Sahne am Morgen, das und andere Feinkostwaren standen auf dem Speiseplan, den Karl sich für seinen Liebling ausgedacht hatte. Trockenfutter war nicht dabei. Davon wusste der alte Meister natürlich nichts, ahnte jedoch, dass die kleine Fell-Madame sehr verwöhnt wurde. Schönheit kann auch ein Fluch sein, dachte er und wandte sich ratlos wieder seiner Arbeit zu. Vor ihm lag eine historische Spieldose mit mechanischem Uhrwerk, der eine Tonzunge abgebrochen war. In mühsamer Feinarbeit hatte er ein neues Zungenblatt erstellt, die Stimmung mehrfach überprüft und das Blatt schließlich mit dem Zungenbalken verschraubt. Jetzt ging es darum, das Werk zu reinigen und den Rätschenaufzug vorsichtig in Bewegung zu setzen. Als er den Deckel der Spieldose öffnete, kam das Segelschiff mit den drei Masten zum Vorschein, das aus feinmaserigem Balsaholz gefertigt und dessen Takelage vollständig erhalten war. Die Segel hatte er schon früher mit einem Spülmittel und Wasser behandelt, bis sie wieder in ihrem strahlenden Weiß leuchteten. So geduldig er seine Arbeiten verrichtet hatte, so fiebrig war er nun in Erwartung, die Melodie dieses kleinen Kunstwerkes zu vernehmen.

Aber er musste sich noch gedulden.

Mit einem Satz hatte Oscar, der Platzkater, die Tür zur Werkstatt aufgestoßen. Ihm gehörte die Straße, die Stadt, Frankreich, die Welt. Und das Kissen auf der Werkbank. Grau-schwarz getigert, die Ohren zu einem Blumenkohlmuster zerrupft, eine Pfote weiß, die andere schwarz, baute er sich vor Karls Katze auf, und eh sie sich versah, wischte er ihr über den Kopf und fauchte ihr mit angelegten Ohren seinen fauligen Fischatem ins Gesicht. Karls Katze schoss buckelnd aus dem Zimmer, den dunklen Flur entlang und war schneller durch die Katzenklappe verschwunden, als es ein arroganter und wilder Kater registrieren konnte. Oscar war dennoch zufrieden mit sich, er hatte die Ordnung wiederhergestellt und sein Refugium für sich zurückerobert. Karls Katze jedoch hockte vor der schweren Holztür in der schmalen Gasse und versuchte sich zu orientieren. Ihre Ohren waren bis in die letzten ihrer siebenundzwanzig vorliegenden Muskeln angespannt, die Augen zu Schlitzen geformt. Sie befand sich nicht im marmornen Eingangsbereich ihres Zuhauses, so viel war ihr klar. Wäre sie in der Lage gewesen, ihre unbedachte Flucht aus dem Appartement zu bereuen, das wäre der richtige Moment dafür gewesen.

Der Uhrmacher seufzte, erhob sich von seinem alten Drehstuhl, öffnete die Eingangstür und bat seinen schönen Gast wieder ins Zimmer.

Wäre Monsieur Karl nicht außer Haus gewesen, hätte er unterdessen das Verschwinden seines Lieblings bemerkt. Er wäre längst außer sich geradewegs in eine Krise gesteuert. Die Modewelt würde die Erschütterung binnen kürzester Zeit zur Kenntnis nehmen müssen. Aktienkurse würden fallen, sollte die nächste Kollektion nicht rechtzeitig zur großen Haute-Couture-Saison gezeigt werden können. Bereits gebuchte, internationale Model-Größen hätten längst zehn Karat große Tränen auf ihrem Instagram-Portal gepostet, Stoffhändler sähen sich auf ihrer kostbarsten Ware sitzenbleiben, und die Schneiderinnen würden sich vor Verzweiflung in die

Finger stechen. Karl riefe seinen Anwalt an, dieser den Polizeipräfekten von Paris. Eine Kommission würde gebildet und alle Mitarbeiter der Präfektur, auch jene, die sich bereits im Weihnachtsurlaub befänden, auf die Straße geschickt. Das große Aufgebot bliebe nicht unbemerkt, und bald schon würden sich auch zahlreiche Bewohner von Saint-Germain an der Suche beteiligen. Die spontane Hilfe wäre nicht ganz uneigennützig, schließlich hätte Monsieur Karl eine stattliche Belohnung für das unversehrte Auffinden seines Lieblings ausgesetzt. Doch dann würde es dunkel, und die Zeit bräche an, in der ein kultivierter Bürger von Paris sein Café aufsucht und sich mit einem Glas Prosecco auf das abendliche Menü einstimmt. Wobei sich die Gespräche selbstverständlich um Karls Katze drehen würden, so viel Einsatz müsse sein.

Jene Katze aber ließ sich von den leisen Bitten des Alten wieder ins Zimmer locken. Inzwischen hatte starker Schneefall eingesetzt, den der Nordwind gegen Hauswand und Fenster peitschte. Die Temperaturen waren stark gefallen, und trotz ihres dicken, weichen Fells zitterte das Tier vor Kälte, Nässe und Angst. Oscar regte sich wie erwartet fürchterlich auf, ließ sich jedoch mit einer kleinen Zwischenmahlzeit beruhigen. Der Meister hatte schon Übung darin. Er seufzte ein weiteres Mal, denn die erneute Störung brachte seinen Zeitplan gehörig durcheinander. Die Spieluhr würde anderntags abgeholt werden, und er wollte zuverlässig liefern können. Also richtete er ein ernstes Wort an Oscar. Er erklärte ihm, dass der Gast nur so lange bleiben würde, bis sich das Wetter bessere. Denn, fuhr er fort, er wisse doch, dass sich jede Katze im Umkreis von 15 Kilometern mühelos orientieren könne, und so finde auch die Schöne wieder in ihr Zuhause. Also soll er sich benehmen, ansonsten … Oscar hatte aufmerksam zugehört und so getan, als habe er jedes Wort verstanden. Das stimmte zwar nicht, doch der Tonfall des Alten machte ihm den Ernst der Lage klar, und er gab erst mal klein bei. Der Meister wandte sich erneut seinem Werk zu. Der Aufzug, da war er stehen geblieben, erinnerte er sich. Der Ratschen-Aufzug. Er bewegte den Hebel des Federwerks mit äußerster Vorsicht.

Unterdessen hatte Monsieur Karls häusliche Belegschaft Himmel und Erde in Bewegung gesetzt, um das Tier zu finden. In jeden Winkel des Hauses wurde geschaut, Etage für Etage, die Keller- und Heizräume wurden inspiziert und zu guter Letzt der riesige Dachboden des Appartementgebäudes. Es wurde vermutet, dass sich das Tier noch immer innerhalb des Hauses befand, die Vorstellung, dass es ins kalte Nass nach draußen gelaufen war, schien abwegig. Doch genau das befürchtete die Haushälterin, als sie nach der vergeblichen Suche wieder in Monsieur Karls Räume trat. Sie ging zum Fenster des Salons und starrte in die Dunkelheit, drückte ihre Stirn gegen die kalte Scheibe und kämpfte gegen die Tränen an. Ihr Hals verengte sich, und ihr Magen schmerzte. Immer wieder lief sie durch die verlassenen Räume. Als ihr Blick auf das verwaiste Kissen der Katze fiel, raubte ihr der Anblick schließlich jede Contenance, und sie weinte hemmungslos. Ihre große Sorge galt allein dem kleinen Fellknäuel, wie sie sie nannte. *Ma petite boule de poils.* Sie sah hinter der offensichtlichen Schönheit jene Verletzlichkeit und Tristesse, die allen Wesen gemein ist, die wegen ihres Äußeren begehrt werden. Der Tränenfluss hielt eine Weile an, löste sie aber aus der Erstarrung, die sie seit der Rückkehr gefangen gehalten hatte. Sie holte ihren Wollschal, ihre selbstgestrickten Handschuhe, schlüpfte in ihren schweren Mantel und verließ die Wohnung. Monsieur Karls Lieblingscafé war hell erleuchtet, sie konnte sehen, dass dort bereits ein Weihnachtsbaum in hellem Glanz den Raum zierte, dass Gläser funkelten, dass die Gäste speisten und sich angeregt unterhielten, dass die Stimmung fröhlich und festlich war. Sorgenvoll ließ sie dieses Bild hinter sich und bewegte sich in Richtung Seine, als erhoffte sie sich vom majestätischen Fluss Trost und Hilfe. Immer wieder geriet sie ins Rutschen, fing sich aber meistens, bis sie dann doch wieder ins Straucheln kam. In letzter Sekunde fand sie an dem Schaufenstergitter Halt. Der Schreck war ihr in die Glieder gefahren, und nachdem auch noch ein Handschuh eingerissen war, beschloss sie, umzukehren. Doch etwas ließ sie innehalten.

Hinter dem Gitter stand die Eingangstür zu dem kleinen Uhrengeschäft offen, und unter einer grünen Schreibtischlampe drehte sich eine Spieluhr. Der Sinn dieser bescheidenen Aktion erschloss sich ihr nicht wirklich. Vielleicht Werbung, vielleicht das Zeichen für die geöffnete Werkstatt, die sich auf der Rückseite des Gebäudes befand. Die Gründe dafür waren ihr einerlei, denn sie erkannte die Melodie, die sich anhörte, als würde sie von einem Spinett gespielt. Fein und leise und für Menschen gedacht, die mit jeder Faser ihres Bewusstseins das Außergewöhnliche wahrnahmen. Die Haushälterin vergaß für wenige Minuten die Kälte und Nässe, ihre Sorge und ihre Trauer und gab sich dem Klang hin. Sie sah sich als Kind in Straßburg, umhüllt von dicken Schneeflocken, die sie mit der Zunge zu fassen suchte, ihre kleine Hand in der festen Hand ihres Großvaters, mit geröteten Wangen staunend einem Chor lauschen, der sich unter dem prächtigen Weihnachtsbaum gruppiert hatte.

Es kommt ein Schiff,
geladen bis an sein' höchsten Bord,
trägt Gottes Sohn voll Gnaden,
des Vaters ewig's Wort.
Das Schiff geht still im Triebe,
es trägt ein' teure Last;
das Segel ist die Liebe,
der Heilig' Geist der Mast.

Nie war sie ihrem Großvater näher gewesen, und nie mehr war es ihr vergönnt gewesen, einen solchen Augenblick noch einmal zu erleben. Und jetzt, vor diesem erleuchteten Schaufenster, im kalten, verschneiten Paris, auf der Suche nach einer Katze, klang diese Melodie durch das Schneetreiben, traf ihr Herz und ihre Erinnerung, und wieder schnürte es ihr den Hals zu. Sie nahm allen Mut zusammen und klopfte an die Scheibe. Ein alter Herr wies ihr den Weg durch die Gasse hin zu einer schweren Holztür mit der runden Katzenklappe, die eine aufgemalte Uhr zierte. Nach kurzem Zögern klopfte sie nochmals, und ihr wurde geöffnet.

DIE BLAUTANNE

Am 24. Dezember gehörte es zu den festen Aufgaben Thomas Kühns, gleich nach der Mittagszeit den Baum von der Terrasse zu holen und im Wohnzimmer aufzustellen. Wie in jedem anderen Jahr sollte die Tanne dann festlich geschmückt und mit funkelnden Lichterketten versehen werden. Von allen gemeinsam. Darauf bestand seine Ehefrau, und noch nicht einmal die 15-jährige Tochter Lisa wagte in diesem Punkt einen Widerspruch. Die beiden Jungs, Zwillinge, wurden in den Keller geschickt, um die letzten Accessoires zu holen. Bald hatten sie alle Utensilien herbeigeschleppt, es fehlte nur noch der Baum. Aber Thomas Kühn kam nicht mit ihm zurück. Stattdessen kauerte er frierend auf der Veranda und fand keine Worte, denn – der Baum war weg! In der Ecke stand der verwaiste Eimer, in dessen Wasser verloren ein paar Tannennadeln schwammen. Da die Terrassentür ungewöhnlich lange aufstand, kam seine Frau aus der Küche herangeschossen und wollte gerade zu einem heftigen Protest ansetzen, als sie begriff, was passiert war. Sofort verdächtigte sie die Zwillinge, der Familie einen Streich spielen zu wollen, aber die beiden Jungs beteuerten unisono ihre Unschuld. Und Lisa, die sich zuletzt zu ihnen gesellt hatte, war, was nicht oft vorkam, sprachlos. Wie aufgescheuchte Hühner suchten sie den Garten ab, gingen ums Haus, sahen hinter und vor den Zaun, ja suchten selbst auf den Nachbargrundstücken. Weit und breit war kein gefällter Baum zu sehen.

Dabei war es gerade mal zwei Wochen her, dass Thomas

Kühn mit dem Ansinnen seiner Frau wach geworden war, er müsse nach Feierabend mit den Kindern den Weihnachtsbaum besorgen. Vierzehn Tage vor Heiligabend! – Sein Hinweis, der Baum würde dann am Abend der Abende ohne Nadeln dastehen, blieb so gut wie ungehört –. »Er kommt auf die Terrasse in einen Eimer mit Wasser«, hatte seine Frau kurz angebunden gekontert ... So musste er nach Büroschluss seine Kinder zusammentrommeln, was keine leichte Aufgabe war. Lisa zog ihrem Alter entsprechend alle Register, die ihr zur Verfügung standen, und war lange nicht gewillt, sich beim Anschauen ihrer Lieblingsserie stören zu lassen. Die Zwillinge, zwölf Jahre stark, überraschte er beim Schrauben an seinem alten Moped in der Garage; sie kamen noch unwirscher seiner Aufforderung nach als ihre Schwester, und als sie endlich losfuhren, ging das Gemaule im Auto weiter. »Bei ihrer Mutter hätten sie sich das nicht getraut« – bei diesem Gedanken hatte Thomas Kühn spontan das Radio lauter gedreht.

Zigmal hatten sie den mit unzähligen grünen Exponaten vollgestellten Platz umrundet und waren vom Verkäufer mit mitfühlenden Blicken bedacht worden. »Zu groß, zu breit, zu klein, zu mickrig, zu unrund, zu hässlich.« Kinder können grausam sein. Wobei er bei der Bezeichnung *zu hässlich* ins Grübeln gekommen war und still beschlossen hatte, dass kein Baum je wirklich hässlich sein konnte. Aber er verlor kein Wort darüber. Auch nicht, als seine Frau den Kauf dann mit »mittelgroß, mittelprächtig, Mittelmaß« abkanzelte. Er hatte ihn dennoch an die windgeschützte Terrassenwand angelehnt und den Eindruck gehabt, dass er ein wenig verloren aussah, so ganz ohne Lametta und Kugeln.

Nun aber vermissten sie ihn, und Tatsache blieb, der Baum war gestohlen, er war von der Terrasse geklaut worden. Wer denn so etwas mache, schimpfte seine Frau: »Wenn ich denjenigen erwische, zeige ich die Person an. Die Polizei muss her«, so stampfte sie auf den Terrassenboden, und Lisa und die Zwillinge waren sichtlich konsterniert. Thomas Kühn hingegen fühlte sich nicht nur bestohlen, sondern in hohem Maße verunsichert. Der Diebstahl war ein Angriff auf das Innerste seiner Familie. In ihm kam ein unbekanntes Gefühl auf, und um sich und die Situation zu retten, befahl er alle ins Auto: »Mitkommen, ein neuer Baum muss her. Sofort.« Sagte es und fuhr los, kaum, dass sich jeder angeschnallt hatte. Auf der Fahrt sprach keiner ein Wort. Aber als sie vor Ort kamen, war die Weihnachtsbaum-Verkaufsstelle – sie hatten es schon von weitem gesehen – leergefegt. Nicht mal ein einzelner Zweig lag noch auf dem Asphalt. »Dann schnell zum Supermarkt, der müsste noch geöffnet haben«, schlug seine Frau in fast schon leisem Tonfall vor. In ihr hat die Stille ebenso viel Platz wie die Wut, dachte Thomas Kühn und nahm Fahrt auf, dem vorgegebenen Ziel entgegen.

Doch dort bot sich ihnen das gleiche Bild: die hohen Absperrgitter waren zusammengeschoben und zum Abtransport bereit. Ein Mitarbeiter zog mit seiner Kehrmaschine auf dem fast autofreien Parkplatz einsam seine Bahnen. Thomas Kühn spürte, wie die Kinder auf der Rückbank zusammensackten. Auch seine Frau ließ wortlos den Kopf hängen, und genau in diesem Moment nahm er im beleuchteten Eingangsbereich eine Bewegung wahr. Entschlossen sprang er aus dem

Auto und machte das Personal auf sich aufmerksam. Was dann den Marktleiter veranlasst hatte, ihm zuzuhören, würde sein Geheimnis bleiben. Vielleicht war es das verzweifelte Gesicht des späten Kunden, vielleicht die kleine Familienansammlung, die dicht gedrängt am Auto stand, keiner konnte sich das später erklären. Jedenfalls hörte sich der Marktleiter an, was Thomas Kühn über den unglaublichen Diebstahl des Familienweihnachtsbaums zu berichten hatte, schüttelte jedoch bedauernd den Kopf. »So schlimm das auch ist, aber helfen kann ich nicht, alle Bäume sind – zum Glück für uns – längst verkauft, was in dieser Konsequenz nicht in jedem Jahr der Fall ist.« Thomas Kühn hörte nur mit einem Ohr zu, denn sein Blick war auf die geschmückte Blautanne gefallen, die in der Mitte eines künstlichen Gartenbeetes thronte und den gesamten, großzügigen Eingangsbereich überstrahlte. Dem Marktleiter war der Blick nicht entgangen, aber er wehrte heftig ab. »Der Baum ist unverkäuflich, er gehört zur Einrichtung«, sah dann jedoch die Zwillinge, sah Lisa und deren Mutter, die von außen flehende Blicke durch die Scheibe sandten. Als sich noch die Dame vom Infostand und einige Verkäuferinnen zu ihm gesellten, brach sein Widerstand in sich zusammen. Ein, zwei Telefonate, und schon kamen Mitarbeiter mit einer Rolle Luftpolsterfolie, wickelten die Tanne samt Kugeln und Kerzen und dem übrigen Schmuck sorgfältig ein und trugen das Paket zum Auto. Das ging so ruhig und schnell vor sich, dass Thomas Kühn kaum reagieren konnte. Er zückte noch seine Geldbörse, aber der Marktleiter winkte ab. »Geschenk des Hauses«, rief er ihm zu, und noch ehe die ganze Familie wieder im Auto saß, war er verschwunden, und gleichzeitig verlöschten die Lichter im Eingangsbereich.

Die prachtvolle Blautanne erfuhr bei ihrem letzten großen Auftritt mehr Zuneigung, als es jeder andere Weihnachtsbaum der Familie zuvor erfahren hatte. Der Baum überstrahlte die Feiertage und die Zeit zwischen den Jahren, zog die Familie in ihren Bann und schaffte es leichthin, Zwistigkeiten und Langeweile zu verhindern, weil sie Gespräche ermöglichte, die lange Zeit nicht mehr stattgefunden hatten. Sie war Zeugin, als über gemeinsame Zukunftspläne gesprochen wurde, konnte beobachten, wie die Zwillinge um die Gunst des Vaters buhlten und nochmals hören, was Lisa ihren Freundinnen von der Heldentat im Supermarkt berichtete. Auch die kleinen Zärtlichkeiten, die beim gemeinsamen Vorbereiten der Silvester-Tafel Thomas Kühn von seiner Frau bekam, blieben ihr nicht unentdeckt. Aber es dauerte bis zu ebendiesem Silvesterabend, bis der Familie die ungewöhnliche Veränderung auffiel, die sich an ihrem Christbaum vollzog.

Zunächst hatten sie geglaubt, es wären vergessene Geschenkbänder, die sich da um die Tanne kringelten, doch beim genauen Hinsehen wurde erstaunt festgestellt, dass es kräftige Wurzeln waren, die, bereits heftig ausgeschlagen, am Boden Halt suchten. Thomas Kühn ging auf die Knie, um das Phänomen genauer zu betrachten. »Und die ganze Woche lang haben wir uns noch über die Raunächte mit ihren Geheimnissen und Riten lustig gemacht«, flüsterte er. Da traf ihn der Blick seiner Frau, die in diesen Augenblicken ganz nah bei ihm war. Alle verständigten sich wortlos darauf, die Tanne mitsamt den Wurzeln, mitsamt dem Schmuck, nach draußen zu tragen und im Garten einzupflanzen. Unaufgefordert halfen die Kinder mit. Die Zwillinge hoben den gefrorenen Boden aus, als wäre es nichts, Lisa füllte eine Gießkanne mit frischem Wasser, Thomas Kühn setzte den Baum in die kleine Grube und füllte sie wieder mit Erde auf; seine Frau prüfte aus einiger Entfernung den akkuraten Stand, und als sie nickte, lagen sich alle in den Armen. Als dann kurz vor Mitternacht die ersten Raketen am Himmel zerstoben, gingen sie zu ihrem Weihnachtsbaum und betrachteten vom Garten aus das Spektakel der modernen Geistervertreibung.

Kurz nachdem der letzten Funkenregen verglüht war, verschwanden alle im Haus, nur Thomas Kühn bewegte sich nicht von der Blautanne weg, obwohl er fror. Er vermeinte in ihr ein Leuchten zu sehen, wie er es noch bei keinem Baum wahrgenommen hatte, und er wäre nicht erstaunt gewesen, wenn ihm die Tanne mit ihren blauen Zweigen sacht auf die Schulter geklopft hätte.

DER WEIHNACHTSBAUMVERKÄUFER. EIN MÄRCHEN

An Heiligabend, die Geschäfte sind schon geschlossen
Hat auch der Weihnachtsbaumverkäufer beschlossen
Noch eine Stunde, dann mache ich dicht.
Er friert an den Füßen, ist schon blau im Gesicht
Im Gatter steht nur noch ein einziger Baum
Auf einen Käufer zu warten, das lohnt sich kaum.
Doch dann kommt tatsächlich ein junger Mann
Und schaut sich das kleine Bäumchen an
Kauft es und wünscht noch ein frohes Fest
Bevor er den leeren Platz verlässt.
Geschafft, denkt der Mann, alles ist gut.

Doch dann stockt ihm plötzlich vor Schrecken sein Blut
Ihm fehlt doch ein Baum für seine Lieben
Nicht eine Weihnacht sind sie ohne Christbaum geblieben
Kommt er jetzt ohne diesen zu sich nach Haus
Ist es mit dem Weihnachtsfrieden mit Sicherheit aus.
Was soll er bloß tun, er weiß keinen Rat
Hat in diesen Momenten keine Lösung parat
Plötzlich ist hinter ihm ein Flüstern zu hören
Jemand sagt leise, ich möchte nicht stören.

Der Mann schaut sich um, doch es ist keiner zu sehen
Er kratzt sich am Kopf, wie soll das einer verstehen?
Kein Mensch, jedoch eine prachtvolle Tanne
Steht da, in einer silbernen Wanne.

Ein Baum, der spricht!
Das gibt es doch nicht!
Er umrundet die Tanne, doch nichts ist zu sehen
Will sie schon greifen, um schnell zu gehen
Doch sie ruft laut: Halt! Ich möchte dein Wort
Bring mich nach der Weihnacht schnell wieder fort
Fahr mich in den verschneiten Wald hinein,
denn ich will zu Haus bei meinen Freunden sein.
Der Mann nickt, kann vor Staunen nichts sagen
Nimmt ihn sacht, um ihn ins Auto zu tragen.

Seine Frau und die Kinder schauen auf den Baum
Herrje, so etwas Schönes gibt es doch kaum.
Sie danken es ihm von ganzen Herzen
Und holen den Baumschmuck und die goldenen Kerzen
Denn Heiligabend rückt näher, bald ist es so weit
Auch der Christbaum strahlt in seinem leuchtenden Kleid.

Die Kinder wissen, jetzt wird erst gesungen
Das hat der Vater ihnen abgerungen
»Kling, Glöckchen, klingelingeling« …
Der Junge hält ein, sagt, das ist ja ein Ding!
Der Baum summe und bewege sich leicht im Takt
Jetzt hat fast alle die Angst gepackt
Doch der Vater blieb ruhig und lächelt gelassen
Er konnte es anfangs auch nicht fassen
Dieser Baum, ihr Lieben, hat ein eigenes Leben
Ihm hat ein Zauber seine Stimme gegeben!

Das Mädchen fasst sich, sagt, das könne nicht sein
Da spielt sicher schon die KI mit hinein.
Um das zu testen, singen sie wieder und wieder
Das gesamte Repertoire der Weihnachtslieder.
Der Baum macht mit, bewegt sich dabei
Als ob das zur Weihnacht das Übliche sei.

Natürlich ist jetzt alles vergessen
Die Bescherung, auf die sie sonst so versessen
Das Essen steht inzwischen kalt auf dem Herd
Die Gläser sind ebenfalls noch nicht geleert.

Nach Stunden, sie sind vom Singen schon heiser
wird es im Zimmer nach und nach leiser
Alle vier liegen auf dem Boden und staunen.
Den Baum hört man jetzt nur noch leise raunen
Vom Wundern ist ihnen allen kalt und warm
Und dann fallen die Kinder dem Vater in den Arm
Er sei für immer ihr großer Held.
Der beste Vater der ganzen Welt.

Bald schliefen sie auf dem Boden ein
Ließen das Essen und das Geschenke auspacken sein
Und vielleicht hatte jeder von ihnen den Traum
Vom summenden, tanzenden Weihnachtsbaum.

Nach wenigen Tagen hielt der Vater sein Wort
Brachte den Baum an den gewünschten Ort.
Verneigt sich vor der prächtigen Tanne
Und stellt sie wieder in die silberne Wanne.

Er denkt, das war nicht im wirklichen Leben
So ein Wunder kann es bestimmt nicht geben
Vielleicht aber doch – in der Weihnachtsnacht
Sie hat schon unendliche Wunder vollbracht.

WEIHNACHTSSTERNE

Der Umzug fand im beginnenden Winter statt, und damit hatten sie alle Jahreszeiten durch. Es war der vierte Wohnungswechsel in den letzten drei Jahren, doch diese räumliche Veränderung sollte die Letzte sein. Das zumindest war der Plan. Die beiden Haustiere, Hund und Katze, hatten bereits vor dem großen Packen Wind von der Sache bekommen und vermieden vehement die Nähe ihrer Transportboxen. Bei den Kindern hatte das Vorhaben unterschiedliche Reaktionen ausgelöst. Die fünfjährige Rosalie vernahm während des Familienrats, dass es am neuen Wohnort Ponys und Pferde gab, und damit war für sie alles geklärt. Nicht ganz so leicht einverstanden war Katharina, die mittlere der drei Kinder. Sie musste schon wieder Freundinnen und die vertraute Umgebung aufgeben und war entsprechend unzufrieden. Sie fügte sich aber, weil ihr ein neues Fahrrad (in ihrer Lieblingsfarbe Blau) versprochen wurde, was die Lage rosiger erscheinen ließ. Der vierzehnjährige Jonas sagte nichts. Aber er schaute grimmig, und das konnte er ziemlich gut.

Die Eltern hatten sich nach vielen Gesprächen zu diesem Umzug durchgerungen. Sie wollten ihren Kindern ein ländliches – und meinten damit sicheres – Umfeld bieten. Ihr bisheriger Wohnort lag nahe der Stadt und dadurch nahe an Verlockung und Gefahr. Außerdem, und das war ein wirklich unschlagbares Argument, hatte ihnen ein Verwandter das Haus am Wald mit einem Weiher und weitläufige Wiesen vermacht. Die Abstimmung war – bei einer Enthaltung –

4:0 ausgegangen. Hund und Katze hatten kein Stimmrecht erhalten.

Rosalie stapfte schon am ersten Morgen, begleitet von der Katze, zielstrebig in den Pferdestall des neuen Nachbarn, während der Hund den Hausflur gegen den Vorplatz tauschte. Für den Anfang gab er sich damit zufrieden, einige Krähen mit seinem Gebell zu verscheuchen. Für Wachhund-Qualitäten reichte das nicht, aber ihm schien das zu genügen. Rosalie hatte es den anderen überlassen, sich um solch unwichtige Dinge wie Bett- und Schrankaufbauten zu kümmern. Ihre Schwester Katharina war einsichtiger und hatte sich die Zeit genommen, den Eltern zu helfen. Jonas dagegen ließ sich gerade noch dazu herab, die Kisten aus dem LKW ins Haus zu tragen und dann in seinem neuen Zimmer zu verschwinden. Er hatte den Schlüssel von innen gedreht und war nur zu Essenszeiten herausgekommen.

Seine schlechte Laune hielt an. Auch beim Plätzchen backen zum 1. Advent machte er nicht mit. Im Vorjahr war er noch eifrig dabei gewesen, aber irgendetwas war mit ihm passiert. Maulfaul der Familie gegenüber, überdreht, wenn Mitschüler zum Zocken vorbeischauten, er konnte sich selbst nicht so recht erklären, was los war. Daran hatte auch der Umzug nichts geändert. Ganz im Gegenteil, er hatte noch nicht einmal Kontakt zu seinem besten Freund aufgenommen.

Als seine Mutter ihn dazu ermunterte, gemeinsam mit den Schwestern Stechapfelzweige und Tannenreisig für die Weihnachtsdekoration zu sammeln, lehnte er missmutig ab. Auch Rosalie hatte anderes vor und versuchte, winzige Stofffetzen zu verstecken, die sie in ihrer Tasche trug. Bei den Erkundungsgängen waren ihr im Weiher kleine Fische aufgefallen, und um Halstücher für die frierenden Tiere zu basteln, hatte sie kurzerhand einen Schal der Mutter in kleine Teile geschnitten. Nur mit größter Mühe ließ sie sich davon abbringen, in den Teich zu steigen, um ihr Vorhaben auszuführen. Ihre Enttäuschung währte allerdings nur kurz, weil sie sich dann dazu entschloss, mit den Stoffresten die Nester der Vögel auszupolstern.

Katharina ließ sich zeitweise von der Begeisterung ihrer kleinen Schwester anstecken, doch sie vermisste ihren Bruder. Ganz besonders jetzt, in der Vorweihnachtszeit. Die letzten Jahre hatten sie sich gemeinsam den Wunschzettel ausgedacht, Geschenke für die Eltern gebastelt und mögliche Verstecke ausgekundschaftet. Sie waren unzertrennlich gewesen und hatten jeden Umzug gemeistert, denn der wichtigste Ort, das stand für sie beide fest, war ihre gegenseitige Nähe.

Jonas vermisste sie auch, war sich aber nicht bewusst, dass die Entfremdung zum größten Teil an ihm lag. Und noch etwas vermisste er: sein mediales Equipment. Das Internet hakte an allen Ecken und Enden, die Verbindung fiel oft ganz aus, und an ein gemeinsames Zocken im Netz war nicht zu denken. Er fühlte sich von der Welt abgeschnitten und von den Eltern verraten. Stundenlang starrte er auf die toten LEDs des Routers, als könnte er sie damit beschwören, zu leuchten. Bis er irgendwann aufgab und ans Fenster trat. Durch die Bäume sah er, wie seine Mutter und Rosalie am Weiher heftig debattierten. Er war allein im Haus, schlich dennoch aus seinem Zimmer und schloss lautlos die Tür. Über sich wusste er den Dachboden.

Was für ein Gerümpel, dachte er, als er den großen Speicher betrat. Mindestens ein halbes Dutzend ramponierter Schlitten versperrten den Weg, ein zerbrochener Webstuhl lag im Staub, eine Kommode mit herausgerissenen Schubladen und eine Unmenge Kartons bedeckten den rissigen Holzboden. Er öffnete die eine oder die andere Schachtel, stieß auf Kleidungsstücke, die nach dem Mief vergangener Jahre rochen. Bald erregte eine bunte Blechkiste seine Aufmerksamkeit. Der Deckel ließ sich nur schwer anheben, weil ein Stoffband im Verschluss festklemmte. Er brauchte Zeit, bis er die Dose öffnen konnte. In vergilbtem Zeitungspapier eingewickelt fand er alten Weihnachtsschmuck. Jonas schob das brüchige Papier zur Seite und entdeckte eine große, tiefblaue Weihnachtskugel. Erst als er sie zur Hand nahm, konnte er den aufgemalten Schriftzug lesen: Jonas, stand da, sein Name, in goldenen Lettern. Sein Erstaunen hätte nicht größer sein können. Sein Name! Wie konnte das sein? Das eingeklemmte Geschenkband war mit der Kugel verknüpft, und verwirrt folgte er dem Band aus Organza, das länger und länger wurde. Es führte ihn quer über den Dachboden bis hin zu einer Tür, die ihm bisher nicht aufgefallen war.

Als er die kleine Kammer dahinter betrat, stand hell, silbrig und mächtig ein Teleskop direkt unter einem Dachfenster. Die Dachschräge daneben zierten zwei große Tafeln einer Sternenkarte. Jonas konnte kaum den Abend erwarten, um mit seiner Entdeckung den Himmel zu erkunden. In diesem Augenblick war alles vergessen, was sich an Tristesse über ihn gelegt hatte.

Beim Abendessen erzählte er nichts von seinem Fund, aber natürlich bemerkten seine Eltern die Veränderung. Katharina erging es ebenso, aber auch sie stellte ihm keine Fragen. Doch sie war auf der Hut und huschte ihm nach, als er spät sein Zimmer verließ.

Der Nachthimmel war klar in dieser Winternacht, wenige Tage vor dem Weihnachtsfest. Den Mond und den Mars entdeckte Jonas fast unvermittelt, dann suchte er weiter die tiefe Schwärze ab und stieß auf zwei Sterne, die ineinander verflochten schienen. Wie rätselhaft das Universum doch ist und wie allein man sich darin fühlt, dachte er, als ein Geräusch ihn aus seinen Gedanken riss. Katharina war in die Kammer gekommen. Und als sich die Geschwister still gegenüberstanden, überwand sich Jonas und nahm seine Schwester in den Arm.

Das leise Geraschel auf dem Dachboden hatte den Rest der Familie auf den Plan gerufen. Nacheinander kamen Rosalie, dann die Eltern Elisa und Holger und der Hund in die enge Kammer. Zu guter Letzt auch die Katze, die sich lange geziert hatte.

Am Weihnachtsabend wiederholten sie das Zusammensein, und nach und nach sahen alle durch das Teleskop, wobei Rosalie schwor, dass sie auf dem Mond Vogelnester gesehen hätte. Sie lachten zusammen und waren sich einig, dass an diesem Weihnachtsabend das Himmelszelt glitzernder war als sonst. Jonas fühlte sich geborgen bei seiner Familie und in diesem Haus, und das, dachte er, ist doch mehr, als das Universum von sich behaupten kann. Und er wusste, er würde unendlich weit schauen müssen, um nochmals solche Nähe zu finden.

Irgendwann in dieser Weihnachtsnacht, als die Kinder schliefen, lobte Elisa ihren Mann für die Idee mit der tiefblauen Christbaumkugel und dem Teleskop. Doch Holger sah sie erstaunt an. Er habe, so versicherte er nachdenklich, nichts damit zu tun gehabt. Absolut gar nichts.

DAS GLÖCKCHEN

Die Siedlung weit draußen, am kleinen Wald
Der Bus macht hier seinen letzten Halt
Hat sich für Weihnachten fein gemacht
Und Schmuck an den Fenstern angebracht.
Lichterketten, weiß oder bunt
Nikoläuse, leuchtend und rund
Tannenzweige, mit Gold besprüht
Keiner, der sich nicht bemüht
Der dunklen Zeit ein Licht zu geben
Das schönste Fest hervorzuheben.

Versetzt am Waldrand ein Häuserblock
Nach oben türmt sich Stock um Stock
Das Grün davor heißt: Betreten verboten.
Es wird hier nicht viel an Schönheit geboten
Und doch ist da etwas, am mittleren Bau
Seit wann er da blüht, weiß keiner genau.
Ein Strauch mit zwei Rosen, duftend und fein
Geleiten Bewohner hier freundlich herein
Sie ranken zum Himmel im Schutze der Wand
Zu wem sie gehören, ist niemand bekannt.

In der dritten Etage mit großem Balkon
Und kindlich froher Dekoration
Wohnt ein Paar mit zwei Mädchen, sieben und vier
Sie leben mit anderen, Tür an Tür.
Es ist Heiligabend, gleich Kaffeezeit

Und bis zur Bescherung ist es nicht weit.
Die Kleinen warten in ihren Zimmern
Weil die Eltern sich um den Weihnachtsbaum kümmern
Wenn das Christkind kommt, wird ein Glöckchen
erklingen
Dann werden sie fröhliche Lieder singen
Alles wie immer, so soll es sein
Die Frau trägt den Schmuck für den Baum herein
Sie stolpert, der Karton fällt herunter
Und dann geht alles drüber und drunter
Das Glöckchen zerbrochen in tausend Scherben
Was soll jetzt aus der Bescherung werden?

Die Kinder kommen angerannt
Sie haben die Lage schnell erkannt
Kein Glöckchen, kein Christkind, heißt: keine Geschenke
Bevor ich das zu Ende denke –
Sagt die Schwester zur Kleinen
Sie soll jetzt nicht weinen
Nimmt deren zitternde, kalte Hand
Und ist mit ihr aus der Wohnung gerannt
Zwei Treppen hinauf, nach C 14 genau
Da lebt eine nette, sehr alte Frau
Ihr werden sie von dem Unglück berichten
Sie hat ein Herz für solche Geschichten
Das hat sich am Spielplatz oft gezeigt
Wenn sie sich zu ihnen herunter neigt
Und fragt, wie es geht, was sie basteln und spielen
Und ob ihnen denn die Rosen gefielen.

Die Frau kramt lange in einer Kiste
Wo ist es denn bloß, wenn ich das nur wüsste
Dann hebt sie stolz den Fund in die Höhe
Ach, wenn ich dieses Glöckchen sehe!
Hab seinen Klang noch heute im Ohr
Es kommt mir fast wie gestern vor.
Hier, Mädchen, nehmt, sonst kann es sein,
Das Christkind kommt nicht zu euch heim.
Ihr könnt es behalten, braucht's nicht zu vergüten
Nur sollt ihr es mir sehr sorgsam behüten.
Die Mädchen nicken zur ernsten Bitte
Und dann entfernen sich eilig die kleinen Schritte.

Kinder, das habt ihr gut gemacht
Haben die Eltern erleichtert gedacht
Dann hatten sie alle den einen Gedanken
Wir wollen uns bei der Dame bedanken
Und luden sie herzlich zu sich ein
Man darf doch beim Fest nicht alleine sein!
Vor der Bescherung, beim gemeinsamen Essen
Sind sie fröhlich zusammengesessen
Dann ist die Mutter plötzlich verschwunden
Jetzt ist es so weit, noch ein paar Sekunden
Bald werden die Lichter am Weihnachtsbaum brennen
Das Christkind wird leis' ihre Namen nennen
Und dann wird das Glöckchen endlich läuten
Denn das muss Mutters Verschwinden bedeuten.

Es folgt die Freude, ein Hin und ein Her
Dem Christkind ein großes: Danke sehr.

Und Tollen und Spielen
Im Geschenkpapier wühlen
Plötzlich hielt die Große ein
Fragt ihre Eltern, soll es jetzt sein?
Hat dann aus ganzem Herzen gesungen:
Es ist ein Ros' entsprungen
Die Kleine, schüchtern und fast verlegen
Streckte der Dame zwei Rosen entgegen
Weiß und duftend mit hellem Band,
Das Mutter für sie passend fand.
Sang dann mit der Schwester, leise und zart
Von Jesse kam die Art.

Spät am Abend, die Frau ging zurück
Der Vater mit ihr, ein kurzes Stück
Er bedankt sich herzlich für das Geschenk
Sie wehrt es ab, wenn ich bedenk
Das Glöckchen hat in dieser Nacht
Viel Licht in meine Welt gebracht.
Dann lacht sie, die Rosen vor ihrem Gesicht:
Ich hoffe, die sieht der Verwalter nicht,
Doch wie sollte er das dem Fest verwehren
Geschah es ja nur, die Weihnacht zu ehren!

VIVIEN

Monika. Babette. Gabriele. So oder so ähnlich hießen der Puppenschönheiten, die während der Adventszeit im Schaufenster des Wiedemannschen Kaufhauses auf Sternensamt saßen. Sie waren blond oder braunhaarig, aber welchen Farbton der dichte Schopf auch trug, lockig fiel er auf die zarten Schultern herab. Fast täglich stand ich vor der blitzblank geputzten Fensterscheibe und drückte meine kindliche Nase so lange an ihr platt, bis ich von einem der jungen Verkäufer von meinem Platz vertrieben wurde. Waren die Puppen nach den Feiertagen verschwunden, stand ich lange untröstlich davor.

Erst viele Jahre später kam ich zur Einsicht, dass nicht erfüllte Wünsche gut für mich waren, weil sie mich das Träumen lehrten.

All das ist lange her, und selten huscht ein Gedanke zu diesem Schaufenster zurück, kaum noch eine Spur hinterlassend. Nur zur Weihnachtszeit, wenn ich auf der Suche nach einem Geschenk für meine Enkeltochter bin, einem energischen Persönchen, das genaue Vorstellungen von dem hat, was sie mag und was nicht, sitzen die Puppen unwillkürlich in meinem Kopf, und ihre flehenden Stimmen rufen *Wähl mich, Wähl mich*. Das mit Spielzeug gefüllte Kinderzimmer meiner Enkelin vor Augen, suchte ich dann doch lieber ein Antiquitätengeschäft auf und hoffte, dort etwas zu finden, das ihr Sammelsurium an Spielgeräten sinnvoll ergänzen könnte. Ein entfernter Bekannter betreibt so ein Haus der entsorgten Erinnerungen, und insgeheim hoffe ich bei jedem Besuch auf einen Überraschungsfund, der unterm Christbaum Freude bereiten kann.

Mit Kunden, die nicht wissen, was sie wollen, hat mein Bekannter Erfahrung. So überließ er es mir gerne, mich selbständig durch die gefüllten Hallen zu bewegen. Bewusst sparte ich die Bücher aus – sie zu sichten hätte Wochen gedauert – und steuerte gezielt Spielzeug, Kleinmöbel und Masken an, wobei ich letztere wieder verwarf. Zu exotisch. Doch die überbordende Fülle lähmte schnell meine Entscheidungskraft. Nachdem ich kunstvoll restaurierte Schaukelpferde, historische Puppenstuben, Kaufläden samt Inhalt (Soda, Farine, Zichorie, geleerte Bonbonschachteln, Kakaopulver), Bauernhöfe mit Miniaturkühen inklusive Misthaufen, Ärztekoffer und vieles mehr, das mir nicht mehr in Erinnerung ist, angesehen hatte, wechselte ich zu den Kleinmöbeln. Dort verwarf ich den Kauf eines Schemels (sie würde ihn nicht mögen), eines höhenverstellbaren Schreibtisches sowie eines Nähtischchens und suchte erschöpft die Kinderbuch-Abteilung auf.

Der Stapel, den ich meinem Bekannten in die Hände drückte, war ansehnlich, dennoch war er darüber enttäuscht, dass mir sein Fundus nur literarische Werke bieten konnte; auch mir war es unerklärlich.

Ich war schon fast durch die Tür, als er mich zurückrief und noch einmal durch die Gänge lotste. Geschickt stieg er über Kartons und Kisten und zog schließlich aus einem Stapel Krimskrams eine Puppe hervor, die er mir in die Hand drückte. Ich dürfe sie mitnehmen, sie sei sein Weihnachtsgeschenk.

Erstaunt über die unerwartete Großzügigkeit bedankte ich mich aufrichtig, wobei mir schon im Auto der Verdacht kam, dass er diese Puppe wohl kaum mehr hätte verkaufen können. Ihr verschmutzter Körper, die verfilzten, grauen Haare und ihr Gesicht hatten mit der rosig-runden Gefälligkeit ihrer Genossinnen wenig zu tun. Der längliche Puppenkopf zeigte ernste Züge und besaß weder ein keckes Stupsnäschen noch volle Lippen.

Zu Hause angekommen, sah ich mir das Geschenk genauer an. Unter dem verfilzten Haar fand ich auf dem Rücken die Herstellerfirma eingedruckt, und bei meiner Recherche im Internet erfuhr ich, dass die Produktion dieser Puppen-Serie schon nach kurzer Zeit eingestellt worden war, ja, dass sich die ganze Firma nicht am Markt behauptet hatte. Wundert mich nicht, dachte ich. Direkt hässlich mochte ich die Puppe nicht nennen, aber Erfolg sah anders aus. Augenblicklich überkam mich ein eigenartiges Gefühl. Enttäuschung oder eine leise Wut, genau ließ sich das nicht einordnen. Als Objekt meiner kindlichen Begierden war eine Puppe jetzt zum Greifen nah, und doch blieb sie für immer unerreichbar. Noch nicht einmal die damalige Traurigkeit ließ sich wieder hervorlocken.

Gleichwohl, etwas an ihr rührte mein Herz an. Ich nahm sie zur Hand und entschloss mich, sie von dem jahrzehntealten Schmutz zu befreien. Sorgfältig wusch ich ihr Haar, das tatsächlich rot und nicht grau war, und selbst das dunkelblaue Samtkleid stellte sich nach längerer Reinigungsprozedur als fein gearbeitet heraus. Und noch etwas konnte ich erkennen: sie war völlig unbeschädigt, kein Kind hatte je mit ihr gespielt oder sie an sich gedrückt. Vermutlich war sie ungeliebt in einer Ecke gesessen, wurde dann auf dem Dachboden verstaut und war zuletzt im Antiquitätenhandel meines Bekannten gelandet, der sie mir, aus welchen Gründen auch immer, in die Hand drückte. Mehr und mehr dachte ich daran, sie meinem eigenwilligen Enkeltöchterchen zu überlassen. Nur, kam sie als Geschenk überhaupt in Frage? Kurz vor dem Fest besorgte ich noch einige Malbücher und ein Puzzle. Neu, selbstverständlich. Mit diesen neutralen und sanft pädagogischen Geschenken konnte ich nichts verkehrt machen.

Der vierte Advent kam, und ich besuchte meine Familie, um in einem unbeobachteten Moment meine reich verzierten Päckchen loszuwerden. Mit den Worten »diese Puppe hier vielleicht noch?« präsentierte ich meiner Schwiegertochter das namenlose Geschöpf und hatte mich eher auf eine Diskussion über falsch gelebtes Rollenverhalten vorbereitet, als auf die unumstößliche Aussage, dass ihr Töchterchen ziemlich eigenwillig sei, wenn es um *gebrauchte* Dinge gehe. »Sie zieht doch nicht einmal den Anorak ihrer älteren Schwester an, obwohl er tadellos ist. Du kennst sie doch, wenn sie nicht will, will sie nicht. Da ist nichts zu machen. Lieber friert sie. Nein, da ist sie eigen. Das weißt du doch!«

Maßlos enttäuscht über den Verlauf der einseitig geführten Diskussion steckte ich die Puppe in meine Tasche zurück.

Wieder zu Hause angekommen, befreite ich sie, kämmte ihre Haare und spendierte ihr einen schönen Platz unter meinem kleinen Christbaum. Zumindest einmal in ihrem Puppenleben sollte sie willkommen sein, das war ich ihr einfach schuldig.

Dort saß sie dann auch noch, als meine Familie zum traditionellen Weihnachtskaffee am zweiten Feiertag zu mir kam. Die Großen vorneweg, wie immer ein wenig trödelnd hinterher, mein Enkeltöchterchen. Zunächst setzten wir uns. Plötzlich ein Poltern – der Stuhl, auf dem die Jüngste gesessen hatte, fiel um –, und mit wenigen Schritten stand das Kind vor meinem Weihnachtsbaum. Sie hatte die Puppe entdeckt und kniete sich vor sie auf den Boden. »Vivien, Vivien«, schrie sie wie aus dem Nichts heraus, »das ist Vivien!« Sie nahm das Puppenkind hoch, drückte es an sich, als wäre es etwas, das sie nach langer Zeit wiedergefunden hätte. Wir Erwachsenen waren völlig perplex, versuchten der Kleinen zu entlocken, was es mit ›Vivien‹ auf sich hatte, aber sie sah uns nur verständnislos an, wiederholte: »das ist Vivien«, und war nicht mehr zu bewegen, die Puppe aus der Hand zu legen. Für uns Außenstehende sah es aus, als hätten die beiden sich jede Menge zu erzählen, während wir der Szene ratlos zuschauten. Schließlich beruhigte sich die Situation, doch während die anderen längst ein neues Gesprächsthema gefunden hatten, trug ich kaum zur Unterhaltung bei. Wie von einem starken Sog bestimmt, zog es mich immer wieder vor das Wiedemannsche Schaufenster, und die schon zuvor vagen Erinnerungen wurden von tausenderlei Eindrücken überfrachtet. Als ich aus den diffusen Kindertagen zurückkehrte, war ich mir nur bei einem sicher: Vor mir sah ich eine Fünfjährige, die ein uraltes Geheimnis in sich trug.

Beim Verabschieden ein fragender Blick von ihr in meine Richtung. Ich nickte. Was sonst? Sie wickelte die Puppe in ihren Schal und umarmte mich. Mehr brauchte es nicht.

Ich erkundigte mich selbstverständlich nach den Vorbesitzern von Vivien, aber mein Bekannter konnte mir nicht helfen. Die Puppe, sagte er, war schon vor mir da. Dann sei ja alles in Ordnung, antwortete ich und ließ ihn lächelnd zurück.

ANGELO

Während der Regen wie eine wild gewordene Rentierherde gegen die Fensterscheiben trommelte, knisterte und wisperte das Holz im Kaminzimmer, das so hieß, seit die Familie sich diese zusätzliche Wärmequelle hatte einbauen lassen. Die Entscheidung dafür war nicht einstimmig gewesen. Aber vier Kinder haben ein lautes Stimmrecht, und hätten das Baby und die Katze den Grund der Abstimmung verstanden, wäre die Mehrheit noch deutlicher ausgefallen. Auch die Eltern lobten sich schließlich für die kostspielige Investition, denn seither fand das Familienleben hauptsächlich am Feuer statt. Sogar Valentin, der Älteste, schaute mit seinem omnipräsenten Smartphone ab und an vorbei. Ob Hausaufgaben oder eine eilig auszuführende Bastelarbeit, die zum bevorstehenden Weihnachtsfest fertig werden musste, ob Üb-Einheiten mit Blockflöte oder Geige, jeder beanspruchte seinen Platz im Zimmer, als gelte es, dem Raum seine Reverenz zu erweisen. Selbst das Baby ignorierte die bunten Bauklötze der Spielkiste und bediente sich erstaunlich flink am Brennholzstapel. Wie immer kam die Katze hinzu und half tatkräftig mit, da sie immer dabei war, wenn es darum ging, Ordnung in Chaos zu verwandeln. Baby und Katze, ein unzertrennliches Gespann.

Am Tag vor Heiligabend führte die Frage nach dem Platz für den Christbaum am Frühstückstisch fast zum Eklat. Erst als nachdrücklich an die Vernunft appelliert worden war, dass Baum und Kamin durch einen gewissen Abstand getrennt sein müssten, gaben die Kinder nach. Kaum aber war das geklärt, liefen die weiteren Vorbereitungen wie geplant: Den Baum holten Valentin und sein Vater beim Händler vor dem Supermarkt, wofür sie ziemlich lange brauchten, weil sie wussten, dass die Mädchen zu Hause jeden noch so kleinen Zweig kritisch begutachten würden. Als die Weißtanne schließlich aufgestellt war, hielt sich die Mutter bei der Bewertung des Kaufs zurück und verschwand stattdessen ins Schlafzimmer, einen großen Karton mit Geschenkpapier hinter sich herziehend. Weder das Baby noch die Katze durften mit, was großes Geschrei und Gemaunze auslöste. Allerdings legte sich das schnell, als der Vater die umfangreiche Weihnachtsdekoration großzügig im Zimmer ausbreitete. Zuvor hatte er den Christbaum mit einer Schnur fest mit einem in die Decke eingelassenen Haken verzurrt. Eine unabdingbare Vorsichtsmaßnahme angesichts der enormen Sprungkünste der Katze. Unzerbrechliche Kugeln, stabile Strohsterne sowie eine Schar rustikaler Engel und Schleifen wurden nach und nach an die Zweige gebunden. Nur auf Süßes wurde im Hinblick auf die Naschsucht des Babys verzichtet. Denn kaum hatte eines der Mädchen die Dose mit feinen Backwaren ins Zimmer gebracht, schob sich das Baby auf seinem Windelpaket in ihre Richtung. Natürlich die Katze im Schlepptau; die zwei teilten sich alles.

Wie jedes Jahr wurde heftiger gestritten, je länger die Schmück-Aktion andauerte. »Mehr Lametta«, forderte Felicitas, wogegen ihre beiden jüngeren Schwestern Merle und Mona lautstark protestierten. Die Sache erledigte sich dann von selbst, denn das Baby hatte in der Zwischenzeit das Tütchen mit den Goldfäden entdeckt, um in einer stillen Aktion aus ihnen Schnitzelchen zu reißen. Dann wollten Merle und Mona, dass die Dekoration einen rosaroten Grundton bekäme, was Valentin jedoch vehement ablehnte. Der Vater war damit überfordert, die Unstimmigkeiten zu entwirren, was auch für die Kabel der elektrischen Beleuchtung galt. Die Lichterketten hatten sich übers Jahr hinweg aus Langeweile oder Übermut so ineinander verknotet, dass er sich gezwungen sah, neue kaufen zu gehen. Valentin fuhr mit. Währenddessen war auch die rosa Angelegenheit vom Tisch. Der Baum sollte, frei nach Walter Gropius: »Bunt ist meine Lieblingsfarbe«, vor allem vielfarbig werden. Felicitas, die immer auf alles eine Antwort wusste, hatte den Kompromiss ausgehandelt und kommentierte: »Dann ist für alle was dabei.«

Die neuen Lichterketten waren angebracht, aber auch dieses Jahr musste zum krönenden Abschluss der Familien-Rauschgoldengel die Baumspitze zieren. Insgesamt eine nicht ungefährliche Angelegenheit, auch ohne die Einmischung des Babys oder der Katze. Die beiden hatten sich inzwischen der Lichterketten angenommen, die der Vater in einem Wutanfall auf den Boden geworfen hatte. Was ihm nicht gelungen war, schafften sie ohne große Mühe. Wie ein gespanntes Seil hing das einstige Gewirr quer im Zimmer. Unglücklicherweise stand der Vater schon auf der Leiter, als Mona und Merle mit dem Rauschgoldengel auf dem Weg zu ihm waren und die Stolperfalle zuschlug. Merle fiel gegen die Aluminium-Sprossen und Mona auf den Familien-Engel. Das Gepolter trieb die Mutter aus dem Schlafzimmer. Sie sah ihre Älteste, die mit erschrockenem Gesicht wie erstarrt dastand, sah Merle, die sich heulend das linke Knie hielt. Sah

Mona, die betroffen schaute, und sah das Baby, das die Katze streichelte.

Merles Knie bekam einen elastischen Verband. Der Schaden am Rauschgoldengel war hingegen zu schwer, als dass er hätte gerettet werden können. Merle war untröstlich. Der Baum sei ohne Engel kein Weihnachtsbaum mehr, schluchzte sie auf und senkte weinend den Kopf auf ihre Knie.

Gerade rechtzeitig reagierte die Mutter auf die plötzlich eingetretene Stille. Mona, das Baby und die Katze waren schon im Schlafzimmer verschwunden, dessen Tür weit offen geblieben war. Ein verzeihlicher Fehler der Mutter angesichts des vorangegangenen Trubels. Schnell wurde das Baby am Windelpaket gepackt, Mona hinausgescheucht, ebenso die Katze. Bevor das Baby nun die unbeobachtete Keksdose an sich reißen konnte, brachte Valentin das Gebäck in Sicherheit. Mehr Durcheinander ertrug er an diesem Tag nicht. Zuvor nahm er noch die alten Lichterketten an sich, die mit buchstäblich unschuldiger Gleichgültigkeit am Boden lagen.

Spät am Abend war endlich Ruhe eingekehrt. Der Baum stand stolz in der Ecke, als wüsste er von seiner Bedeutung, er funkelte geradezu, auch ohne Rauschgoldengel und elektrische Lämpchen, die erst an Heiligabend leuchten würden. Die verwaiste Spitze zierte ein kleiner Goldstern, der sich all die Jahre im Karton versteckt gehalten hatte. Die kunterbunte Dekoration war ansonsten schön wie in keinem Jahr zuvor, darüber waren sich alle einig. Nur die Katze schien sich nicht dafür zu interessieren. Sie lag schlummernd in der Weihnachtskrippe, das Christuskind, Maria und Josef sowie

Ochs und Esel unter sich begraben. Alle anderen schliefen in ihren Betten, erwartungsfroh Heiligabend entgegenträumend.

Allein Valentin war noch wach. Er musste seine 400 Freunde unbedingt an den Ereignissen des Tages teilhaben lassen. Unter der Überschrift »Gefallener Engel« postete er ausführlich, was sich in den letzten Stunden zugetragen hatte, und versah das Ganze noch mit einer Reihe passender Symbole. Das dauerte. Nachdem er aber als Resonanz die ersten hundert Likes bekommen hatte, schlief auch er ein.

Der 24. Dezember käme an Bedeutung noch vor ihrem Geburtstag, verkündete Merle mit einem letzten Tränchen im Auge am Frühstückstisch. Sie war vor allen anderen aufgestanden, hatte den Tisch gedeckt, den Baum begrüßt und sich bei ihm dafür entschuldigt, dass er ohne Engel auskommen müsse. Die gute Stimmung der Familie war kaum zu übertreffen. Zwar redeten alle durcheinander, das aber in freundlichem Ton. Später verabschiedete sich der Vater mit der Begründung, im Büro nochmals nach dem Rechten sehen zu müssen, aber sie alle wussten, dass er sich – wie in jedem Jahr – hektisch auf die Suche nach einem Geschenk für Mutter machte. Liebevoll drückte sie ihm noch einen Schirm in die Hand, denn der Regen hatte nicht nachgelassen, ganz im Gegenteil, die nasse Rentierherde schien Nachwuchs bekommen zu haben.

Valentin legte sein Smartphone weg und half der Mutter in der Küche. Wie in allen Jahren zuvor gab es vor der Bescherung Kartoffelsalat mit Würstchen und für Merle, die kein Fleisch aß, einen Gemüsebratling. Mutter und Sohn waren an solchen Tagen ein eingespieltes Team und genossen die Zweisamkeit, denn die drei Mädchen besuchten zusammen mit dem Baby traditionell die Tante, um ihr Plätzchen vorbeizubringen und im Gegenzug ihre Geschenke in Empfang zu nehmen. Auch wenn Valentin seine Geschwister mochte, vermisste er manches Mal die ungeteilte Aufmerksamkeit seiner Mutter. Obwohl er sie an Größe längst überragte, ließ er sich gern von ihr in den Arm nehmen.

Für den frühen Nachmittag war ein musikalischer Auftritt im Altersheim der Stadt geplant. Die Kinder boten ein kleines Programm, das dankbare Zuhörer fand. Das Baby wurde unterdessen liebevoll herumgereicht und von den Bewohnern mit Keksen gefüttert, weshalb es die ganze Zeit friedlich blieb.

Es dunkelte bereits, als die Familie den Heimweg antrat. Bald würde es die Bescherung geben. Weil die Eltern zwischen dem Schlafzimmer und dem Kaminzimmer geheimnisvolle Dinge hin- und herschleppten, wurden die Mädchen und Valentin in das Esszimmer verbannt, wo sie den Tisch decken mussten. In diesem Moment läutete es an der Haustür. Mit einer Geschwindigkeit, die man nicht für möglich gehalten hätte, robbte das Baby zum Eingang, die Katze ihm nach. Fragend öffnete der Vater die Tür, hinter sich eine neugierige Gefolgschaft. Sie alle sahen auf einen durchnässten jungen Mann. Sein schmales Gesicht glänzte. Für einen kurzen Moment herrschte auf beiden Seiten Sprachlosigkeit, doch schließlich fragte der Vater, etwas verwundert, ja bitte? Die Kapuze vom tropfnassen Haar ziehend, antwortete der junge Mann mit feiner leiser Stimme, er sei Angelo und wolle, wenn möglich *per favore*, zu Valentin.

Angelos dunkle Locken reichten ihm bis fast zur Schulter. Nachdem er hereingebeten worden war und die Mutter ihm ein Handtuch geholt hatte, stellte Felicitas seine triefenden Turnschuhe vor dem Kamin auf einen Stapel alter Zeitungen ab, was unaufhaltsam die Aufmerksamkeit des Babys und der Katze auf sich zog. Nicht lange, und jeder der beiden hatte einen Schnürsenkel im Mund.

Alle anderen Augenpaare sahen Valentin erwartungsvoll an. Er aber zuckte nur mit den Schultern: keine Ahnung! Angelo wandte sich direkt an Valentin: »Du kennst doch Maria. Die aus deinem sozialen Netzwerk?!« Valentin nickte leicht mit dem Kopf.

»Maria ist meine Cousine. Sie hat in deinem Post gelesen, was da bei dir, bei Ihnen«, fügte er entschuldigend dazu, »was da mit dem Rauschgoldengel passiert ist. Und das zu Weihnachten! Maria hat mir alles erzählt.«

Felicitas hatte in der Zwischenzeit ein Glas Saft für Angelo geholt, der es dankbar annahm.

»Es ist so. Mein Name ist Angelo, also Engel! Ich habe in meinem Leben drei Engel geschenkt bekommen. Einen zu meiner Geburt, einen zur Kommunion und einen zur Firmung. Ich möchte Ihnen einen der Engel zu Weihnachten schenken, als, wie sagt man: Gabe. Damit alles so ist, wie es zu eurem Fest sein soll!«

Er griff in die Tüte und holte umständlich einen in Watte verpackten wunderschönen, goldglänzenden, weißlockigen, italienisch-barocken Rauschgoldengel hervor.

Noch bevor jemand reagieren oder fragen konnte, küsste Angelo das Baby, den anderen drückte er der Reihe nach die Hand, schlüpfte in seine feuchten Schuhe und verließ mit einem leisen »Buon Natale« den Raum, ging hinaus in den Regen, der noch immer nicht nachgelassen hatte.

DER BESONDERE WEIHNACHTSWUNSCH

Was ist das bloß für ein seltsames Jahr
Nichts ist wie immer, nur noch Gefahr
Corona legte den Alltag lahm
Und keiner, der wusste, wie es dazu kam.
Reisen, Kirchgang, Familienfeste,
Konzerte, Sport und liebe Gäste,
Vieles beschnitten, gar gänzlich gestrichen
Die Angst hat sich überall hineingeschlichen
Masken auf und Desinfektion
Das kennen selbst die Kleinsten schon.

Doch allem zum Trotz kam die Weihnachtszeit
Der Advent hielt vertraute Bräuche bereit
Auch für die Familie, um die es hier geht
Hat sich dann alles um das Fest gedreht.
Danach verreisen, die Welt neu begrüßen
Nicht länger für all die Entbehrungen büßen
Neuseeland oder die fernen Antillen
So sollte es sein – nach ihrem Willen.
Papageien und Kiwis könnt ihr dort sehn
Ihr findet exotische Vögel doch schön!
Der Junge sagt begeistert: Ja!
Die Schwester, noch klein, stand schweigend da.

Prospekte, Broschüren wurden studiert
Doch bald waren sie dabei nicht mehr zu viert
Das Mädchen saß weinend in ihrem Zimmer

Sagt unter Tränen: So ist es doch immer!
Keiner fragt nach, was mir gefällt
Und Ich will nicht in die ferne Welt.
Erschrocken eilen alle herbei,
Aber nein, das ist uns nicht einerlei!
Sag doch, was können wir für dich tun?
Ich möchte, sagt sie, ein lebendiges Huhn.
Und dazu einen Hühnerstall
Und Gräser und Kräuter überall
Und Stangen und Körbchen für das Ei.
Papageien und Kiwis sind mir einerlei.

Schwester, hast du da nicht etwas verdreht?
Du weißt schon, dass es nicht ums Osterfest geht?
So spottet der Bruder, doch dann wird er still
Weil die Mutter das so nicht hören will
Corona, sagt sie, hat fast über Nacht,
Das Leben ganz zum Erliegen gebracht
Und der Wunsch deiner Schwester ist greifbar und schön
Sie möchte etwas Lebendiges sehn

Der Bruder ist es, der erneut reagiert,
er umarmt die Schwester ganz ungeniert,
Auch ich wünsch mir plötzlich von Herzen ein Huhn
Komm mit mir hinaus, es gibt viel zu tun!
Schon bald wird im Baumarkt das Holz beschafft
Das Hühnerhaus wächst mit gemeinsamer Kraft
Im Garten ist Platz, nur ein Busch muss noch weg
Er erfüllt ja seit langem schon nicht seinen Zweck
Bald ist der letzte Nagel geschlagen,

Und das erste Huhn wird stolz in den Stall getragen.
Ein weiteres folgt, am Ende sind's vier.
Voller Glück schauen alle auf das muntre Getier.

An Heiligabend wird die Tanne im Garten geschmückt
Mit Äpfeln und Kugeln ist sie in den Mittelpunkt gerückt
Die Kerzen darauf spenden glänzendes Licht
Ein Zeichen für alle Zuversicht
Für Hoffnung in die kommende Zeit
Für ein Leben in großer Achtsamkeit.

Der Heilige Abend hat sie sehr berührt
Sie haben so große Nähe gespürt
Sie haben gesungen und Kuchen gegessen
Doch dann sind sie lange am Fenster gesessen
Und haben die Tiere mit Freude bestaunt
Gehört, wie es gackert und leise raunt
Die Kinder liegen bei den Eltern im Arm
Dort ist es so gut, dort ist es so warm.
Diese Weihnacht ist in ihr Herz geschlichen
Und Ängste und Sorgen sind leise gewichen.

DER STERN

Die Tage begannen und endeten in der *Kathedrale*. So nannte Frau Ohm die nahe gelegene S-Bahn-Station, seit sie den Tiefbahnhof zum ersten Mal betreten hatte. Dort unten war es das ganze Jahr über düster, die Wände feucht, aber jetzt im Dezember zeigte sich das graue Betongewölbe in einer Dunkelheit, die keine Beleuchtung mehr erhellen konnte. Als fresse ein gieriger Feuerschlucker alles Licht, dachte sie oft und war immer erleichtert, wenn der Zug die Station verließ und sie zu ihrer Arbeitsstelle oder – am Abend – aus der Dunkelheit in ihre Wohnung zurückkonnte.

Sie arbeitete im Lager eines Kaufhauses und war dort mit anderen Angestellten für die Entsorgung mangelhafter Waren, aber auch für Rückgaben von Fehlkäufen zuständig, die von der Reklamationsabteilung zu ihnen gebracht wurden. Gewissenhaft überprüften sie, was wieder in den Warenkreislauf retour durfte und was nicht. In der Adventszeit hatten sie besonders viel zu tun. Die Leute kauften und bereuten oder kauften und zweifelten oder kauften und hatten sich übernommen. Oft kam es zu Zugängen im Lager, weil die Ware (offensichtlich) defekt war. Das ärgerte Frau Ohm, denn sie war sich sicher, dass die Käufer nicht sachgemäß mit den Produkten umgegangen waren. Das betraf im Dezember besonders den Weihnachtsschmuck. Die hauchfeinen Gebilde aus Glas mussten trotz guter Verpackung behutsam behandelt werden, was die Kunden immer wieder zu vergessen schienen. Sie stopften die zarten Kugeln, aber auch filigrane Sterne oder fein gedrehte Glaszapfen zwischen die sonstigen Einkäufe, um dann zu Hause vor einem Scherbenhaufen zu stehen und stante pede in der Reklamationsabteilung aufzutauchen. Die Geschäftsleitung wies das Personal dort an, defekte Ware großzügig zu tauschen oder den Kaufpreis zurückzuerstatten. In der Lagerhalle füllte sich dagegen der lange Holztisch mehr und mehr mit defekter Ware, die es zu registrieren galt. Schließlich durften bei der Inventur am Jahresbeginn keine Differenzen auftreten.

Natürlich kam es vor, dass zwischen den Scherben der eine oder andere Weihnachtsschmuck intakt geblieben war. Er durfte aus Gründen, die sich Frau Ohm nicht wirklich erschlossen, dennoch nicht wieder in den Verkauf zurück und musste mit auf den Scherbenhaufen, der bis zum Weihnachtsabend immer größer wurde. Gegen diese Anweisung der Geschäftsleitung leistete Frau Ohm von dem Tag an sanften Widerstand, an dem sie ein besonders kunstvoll gefertigtes Glasornament zerstören sollte. Stattdessen nahm sie den unversehrten Eiszapfen vom Tisch und befestigte ihn an einem Tannenzweig, der in einem Schirmständer Platz gefunden hatte. Die Abteilungsleiterin duldete diese subversive Aktion kommentarlos. Der Zweig reichte bald nicht mehr aus, ein zweiter, den Frau Ohm aus dem Stadtwald mitgebracht hatte, kam dazu, aber auch er bot irgendwann nicht mehr genügend Fläche, um all die Fundstücke zu beheimaten. So fasste sich Frau Ohm ein Herz und fragte bei ihrer Chefin nach, ob sie das ein oder andere Teil (unentgeltlich) mit nach Hause nehmen dürfe. Das müsse mit der Geschäftsleitung geklärt werden, bekam sie zur Antwort, und wirklich folgte die positive Entscheidung auf dem Fuß. Sie bekam jedoch die Auflage, dass nur eine rein private Nutzung erlaubt sei und die Ware unter keinen Umständen weiterverkauft werden dürfe, womöglich sogar, um damit einen Handel aufzuziehen.

Das wies Frau Ohm weit von sich. Und weil sie seit Jahrzehnten als gewissenhafte Mitarbeiterin tätig war, gab es endgültig grünes Licht. Bunter, goldener, silberner und transparenter Weihnachtsschmuck verließ den Lagerraum, und während der täglichen Arbeit kam es immer zu großer Freude, wenn sie ein unbeschädigtes Stück entdeckte und am Abend nach Hause tragen konnte. Sie lebte allein, machte sich aber immer die Mühe, die Wohnung gemütlich zu gestalten und die Formen des Anstands zu wahren. Beispielsweise war der Tisch beim Abendessen immer sorgfältig gedeckt, weil sie in *Robinson Crusoe* gelesen hatte, dass Alleinsein zur Verwahrlosung führen könnte. So habe sich der Schiffbrüchige die Mühe gemacht, einen Tisch aufzubauen und darüber hinaus zu den Mahlzeiten einen Anzug angezogen. Frau Ohm zog vor dem Essen immerhin ihren grauen Arbeitsmantel aus und kämmte sich die Haare. Aber erst als der Tisch abgeräumt und das Geschirr versorgt war, widmete sie sich ihren Schätzen.

An einem Morgen in der dritten Adventswoche verhinderte ein Eisenbahnerstreik ihre gewohnte Fahrt zur Arbeit. Sie war gezwungen, sich im kalten Innern der Kathedrale aufzuhalten, was ihr großes Unbehagen bereitete. Der Fußweg zu ihrer Arbeitsstätte war zu lang, ihr blieb nur die Möglichkeit, zu warten und auf eine Ersatzverbindung zu hoffen, denn die Fahrt mit einem Taxi war entschieden zu teuer. Über eine Stunde saß sie bereits frierend und hungrig auf einer heruntergekommenen Gitterbank, als sie von dem alten Mann angesprochen wurde. Das Erscheinungsbild des Alten, die tiefen Schatten unter seinen Augen, seine abgenutzte Kleidung machten sie misstrauisch, doch der Alte sprach sie so freundlich und in gewähltem Ton an, dass sie ihn nicht abwies. Zwar könne er keine Bahn herbeizaubern, aber eine Tasse Tee – sofern sie nicht Angst habe, vergiftet zu werden, fügte er augenzwinkernd hinzu. Sie nahm seine Einladung an, und er schenkte ihr aus einer Thermoskanne den Tee in einen Pappbecher, den er aus einer Stofftasche geholt hatte. Sie nahm den ersten Schluck und signalisierte dem Fremden, dass ihr das Getränk zusagte. *Oh, eine gut gewählte Kräutermischung*, beantwortete er ihre Frage, was er da kredenze. Er schenkte ihr nach, und sie bedankte sich überschwänglich. Ihr war warm geworden, und als der Alte sich freundlich von ihr verabschiedete und in einem der labyrinthischen Gänge verschwand, bedauerte sie das aufrichtig. Kurze Zeit später verkündete der Lautsprecher, dass die Linie nun angefahren würde. *Zurücktreten bei der Einfahrt des Zuges.*

In den nächsten Tagen wiederholte sich ihr Warten auf die S-Bahn und auch das Auftreten des Mannes bis hin zum Genuss des Tees. Obwohl sie schon eine Stunde früher den Bahnsteig betrat, blieb der Alte bei ihr, bis die Ersatzbahn aufgerufen wurde. Währenddessen unterhielten sie sich. Und drehten sich anfangs die Gespräche um den Streik und das Wetter, wurden die Inhalte nach und nach persönlicher. Frau Ohm erzählte, sie fühle sich hier unten wie in einer düsteren Kathedrale, erzählte von ihrer Arbeit, davon, wie unachtsam viele Menschen mit den Waren umgingen, wie wenig sie die Arbeit und Mühe, die in der Fertigstellung jedes einzelnen Produkts steckte, zu schätzen wüssten. Sie habe immer mehr den Eindruck, die Welt sei mittlerweile wie dieser Tiefbahnhof, alt, müde und ohne Erinnerung an den Klang von hellen Glocken und fröhlichem Lachen. Sie schüttelte sich, entnahm dann ihrem Rucksack vorsichtig zwei in Seidenpapier eingewickelte Christbaumkugeln, erklärte, dass sie sie extra für ihren freundlichen Teelieferanten und Gesprächspartner mitgebracht habe, und gab sie ihm. Er öffnete seine Hände zu einer Schale und ging mit den Geschenken in die Dunkelheit. Zuvor hatte er sich aber so herzlich bedankt, dass Frau Ohm die Tränen in den Augen standen. Dann kam ihre Bahn, und sie ging in ihren Zug; leicht und mit einem Lächeln um ihren Mund.

Wie der Fremde hieß, wusste sie auch in der vierten Adventswoche nicht, ebenso wenig, wo er lebte, wobei sie vermutete, dass er irgendwo auf dem Gelände der S-Bahn-Station untergekommen sein musste, denn wenn sie kam, war er schon immer da. Dann hatten sich die Tarifpartner geeinigt, der Streik war vorbei, und Frau Ohm hätte zur üblichen Zeit ihren Arbeitsweg antreten können, tat es aber nicht, denn der Mann wartete schon immer bei der Gitterbank mit frischem, heißem Tee auf sie. Und sie ihrerseits hatte immer eine kleine Pretiose (wie er die geretteten Dinge nannte) für ihn dabei. Sie nahm allen Mut zusammen, fragte ihn nach seinem Namen und danach, wo er denn wohne. Der Alte zögerte kurz, so als müsse er sich erst noch über etwas im Klaren werden, antwortete dann, sein Name sei Nikolaj (mit einem j am Ende), und er wohne tief im Innern der – wie sie diese Station nannte – Kathedrale. Er dürfe sich hier aufhalten, weil er abends die Plätze säubere und verloren gegangene Gegenstände sichere und sie am anderen Tag ins Fundbüro bringe. Dafür würde ihm eine kleine Kammer gestellt, beheizt und mit fließendem Wasser. Eine wahre *Luxusbleibe*, weil er zuvor auf der Straße gelebt habe. Dann lud er sie ein, ihn zu besuchen. Frau Ohm beteuerte, dass sie der freundlichen Einladung eines Tages folgen würde, bat ihn um Geduld, ohne dass sie genau wusste, warum sie das sagte und ihm nicht gleich und ohne Scheu in die Kammer folgte. *Kein Problem, kein Problem.* Nikolaj nahm es gelassen hin.

*

Der Heiligabend fiel auf einen Werktag, weshalb Frau Ohms Arbeitszeit bis zum frühen Nachmittag andauerte. Sie hatte zum letzten Mal ihren kleinen Rucksack mit einem zurückgegebenen Kleinod gefüllt und ihn neben den kunstvollen Rauschgoldengel gelegt, den sie für Nikolaj eingesteckt hatte, und war dann langsam zur S-Bahn gegangen. Der Gedanke an einen weiteren einsamen Weihnachtsabend betrübte sie wie die Jahre zuvor, weshalb sie insgeheim auf eine Begegnung mit Nikolaj hoffte, auch wenn er immer nur am Morgen auf sie gewartet hatte. Aber er war nicht da. Sie setzte sich auf die Gitterbank, wartete eine Bahn nach der anderen ab, konnte sich nicht entschließen, die wenigen Schritte nach Hause zu gehen, wusste aber auf der anderen Seite nicht, wo sie Nikolaj in diesem Gewirr aus Gleisen, Gängen und Etagen suchen sollte. Jetzt bedauerte sie sehr, seiner Einladung nicht gefolgt zu sein. Sie war sich inzwischen sicher, ihm vertrauen zu können. Den Ausschlag dafür hatte ein Zitat von Rousseau gegeben, das er ihr mit Nennung des Namens des französischen Philosophen vorgetragen hatte: »Der zivile Mensch will, dass die anderen mit ihm zufrieden sind; der Einsame muss dies selbst sein, sonst wird sein Leben unerträglich. Folglich ist Letzterer gezwungen, tugendhaft zu sein.« Sie waren beide einsam, ihre eigene »Tugendhaftigkeit« mochte sie nicht beurteilen, bei Nikolaj aber war ihr klar geworden, dass er sich diese Worte zu Herzen genommen hatte.

Der Nachmittag war vorangeschritten und näherte sich dem Abend. Menschen kamen und verschwanden zwischen Säulen und Gängen oder in einem der vielen einfahrenden Züge. Sie fror inzwischen heftig, verließ ihren Sitzplatz und dachte, wenn sie sich schon Bewegung verschaffte, könne sie ja auch versuchen, die Kammer ihres Tee- und Gesprächspartners zu finden. Schließlich wollte sie ihm den besonders kunstvollen Rauschgoldengel zum Geschenk machen. Ihm fehlte nur der Daumen einer Hand, aber wer nicht genau hinschaute, bemerkte dies gar nicht. Auch weil das Gewand des Engels golden und die langen Haare wie eine helle Wolke über die Schultern fielen. Dazu krönte ein Stern auf einem goldfarbenen Reif sein Haupt. Das Gesicht mit den feinen Zügen war wunderbar aus Wachs modelliert und mit zarten Farben bemalt worden. Ein Kunstobjekt von Meisterhand gefertigt! Dieser Engel sollte ihr Weihnachtsgeschenk für Nikolaj sein, und sie freute sich darauf, sein Gesicht zu sehen, wenn sie es ihm überreichte, denn immer, wenn sie ihm etwas mitbrachte, zeigte er eine fast kindliche Begeisterung. Bei vielen Erwachsenen war diese Freude längst verloren gegangen, wie sie oft auch an ihren Kolleginnen und Kollegen im Warenlager bemerkte. Immer wieder nahm Nikolaj eine der geretteten Kleinigkeiten zum Anlass, über Gott und die

Welt zu reden, ohne jedoch viel von sich preiszugeben. Obwohl er tief unten im Innern der Kathedrale lebte, betrachtete er das Leben der Menschen von weit oben; wollte sie wissen, woher er kam, wo und wie er gelebt hatte, was ihn zum Obdachlosen gemacht und später dann in die S-Bahn-Station verbannt hatte, antwortete er ausweichend. Er habe im weitesten Sinn als Theologe gearbeitet und würde das in gewisser Weise immer noch tun, wenn er nicht gerade Tee für sie koche. Letztlich sei er zu einem Einsiedler zwischen Häuserschluchten geworden. Nun aber würde er befreit, denn er sehe es als großes Glück, dass ihm ein Menschenkind den Platz neben sich angeboten hatte, um mit ihm zu reden, und nicht durch ihn hindurchsehe. Es sei, als habe er den einen Stern gefunden, der heller als all die anderen am Nachthimmel strahle. An all das dachte Frau Ohm, als sie sich auf die Suche nach Nikolaj machte. Sie drang immer tiefer in das Labyrinth der Station ein. Nach den breiten Bahnsteigen führte ein kaum beleuchteter, enger Gang (*Betreten für Unbefugte streng verboten*) immer weiter hinein. Sie folgte ihrem Impuls und ließ sich davon nicht aufhalten, auch nicht von dem erdigen, modrigen Geruch, den die Wände ausströmten, denn wenn sie aufsah, nahm sie ein warmes Licht wahr, von dem sie instinktiv wusste, dass es von dem Ort ausging, den sie suchte.

Nikolaj erwartete sie bereits. Die Schatten unter seinen Augen waren verschwunden, seine abgerissene Kleidung hatte er gegen einen hellen Mantel aus weichem Stoff eingetauscht. Umgeben von vielen hell leuchtenden Lämpchen strahlte er mit ihnen. Die kleine Kammer, in die er sie bat, beherbergte eine Tanne, an der der Weihnachtsschmuck hing, den sie ihm in die Hand gedrückt hatte. Nichts davon fehlte. Oder doch, dachte sie und befreite den Rauschgoldengel aus ihrem Rucksack. Gemeinsam brachten sie ihn an der Spitze des Baumes an, standen lange davor, ehe er sie bat, an einem kleinen Resopaltisch Platz zu nehmen. Es gab Brot und Käse, Wasser und Wein, und sie aßen mit großem Appetit. *Frohe Weihnachten*, immer wieder wünschten sie sich das, aufgenommen von dankbaren Blicken, gegenseitig. Sie hatte sich selten so wohl gefühlt wie in der Gesellschaft des alten Mannes, der mit einem Becher Tee und einem Lächeln Wärme in ihr Leben gebracht hatte. Nach dem Essen wurden gemeinsam die Kerzen am Weihnachtsbaum angezündet. Wie von Zauberhand verwandelte sich die kleine Kammer in ein Schlossgemach; sie konnte sich nicht sattsehen, sah hinter den nackten Betonwänden die Maserung von feinem Marmor, der Asphaltboden verwandelte sich in ein glänzendes Parkett, die feuchten, dunklen Flecken der Wände wurden zu bunten Gemälden von Manet und Repin, van Gogh und Kahlo. Das Licht unzähliger Kandelaber fiel auf Nikolaj, der ihr lächelnd noch ein Glas Wein anbot.

Dann geschah etwas Merkwürdiges.

Frau Ohm erinnerte sich später daran, dass sie gegen ein übergroßes Schlafbedürfnis ankämpfen musste und schließlich nachgab. In einer Welt zwischen Wachsein und Tiefschlaf hörte sie Nikolaj sagen, dass er nun fortmüsse. Doch er würde wiederkommen. Im nächsten oder übernächsten, oder überübernächsten Advent. Das läge nicht in seiner Hand …

Aus einem tiefen Schlaf wurde sie dann unsanft geweckt. Ein Polizist tippte auf ihre Schultern und fragte, was sie denn hier mache. Er trug eine blaue Uniform und leuchtete mit einer Taschenlampe in ihr Gesicht, denn der Raum lag in völliger Dunkelheit. Und nicht nur das, alles, was ihn zu einer gemütlichen Kammer gemacht hatte, war verschwunden. Der Weihnachtsbaum, die kleinen Lampen, die Speisen und Getränke, selbst der Tisch. Nur der unbequeme Holzstuhl, auf dem sie saß, war noch da. Und es war so kalt, dass ihre Hände ganz starr waren.

Der Polizist wartete ihre Antwort nicht ab, bat sie aufzustehen und führte sie mit Hilfe eines zweiten Uniformierten entlang des modrigen Ganges bis hin zur Station, die jetzt, am späten Heiligabend menschenleer war. Sie kümmerten sich behutsam um die schlaftrunkene Frau, vielleicht, weil ihnen Frau Ohms blasses Gesicht Sorge bereitete, vielleicht, weil sie so gar keinen Widerstand geleistet hatte.

»Jetzt gehen Sie nach Hause. Sie haben doch ein Zuhause? Oder sollen wir jemanden für Sie benachrichtigen?«

Frau Ohm schüttelte den Kopf, wünschte den Uniformierten *Frohe Weihnachten*, stieg die steile Treppe nach oben und machte sich auf den kurzen Weg zu ihrer Wohnung.

Als sie die Tür aufschloss und Licht machte, sank sie vor Überraschung auf die Knie. Mitten im Raum stand der mit allen Pretiosen geschmückte Weihnachtsbaum Nikolajs, und von oben schaute der Rauschgoldengel lächelnd auf sie herab. Die feinen Kugeln, Eiszapfen, Engelchen, Glitzersteine und Glastiere spielten ein leises Windkonzert, das der Luftzugdirigent angestimmt hatte. Frau Ohm setzte sich in ihren Lieblingssessel, um zu hören, zu sehen und zu staunen. Als das zarte Spiel verklungen war, fiel ihr Blick auf einen Bogen Seidenpapier, der unter dem Christbaum hervorschaute. Auf dem blauen Blatt lag ein feinmaseriger, aus Lindenholz geschnitzter Stern. Seine Schlichtheit rührte sie zu Tränen, und als sie ihn aufhob und mit den Fingern darüberstrich, strömte ihr eine Wärme entgegen, wie sie nur weitergegeben werden konnte von einem, der die Menschheit liebte.

Danke, Nikolaj, sagte sie leise.

WEIHNACHTSFRIEDEN

Sie ist zufrieden mit sich und der Welt
Die Rente reicht aus, sie braucht nicht viel Geld
Die Kinder erwachsen, in allen Ländern daheim
Auch Enkel sind da, doch sie sind noch sehr klein
Das Reisen wäre zu viel für sie, wenn etwas passierte
Sie verzieh es sich nie
Mal gibt's einen Anruf, Mama, geht's gut?
Dann erzählt sie, was sie in den Tagen so tut
Hat in Alben geblättert, Briefe gelesen
Da steckt alles drin, was einmal gewesen.
Ja, es geht gut, doch ich vermiss euch so sehr
Kommt ihr denn diesmal zur Weihnachtszeit her?
Na gut, wir kommen, einen Tag, vielleicht,
damit es dann auch zum Skifahren reicht
Aber nur, wenn es Schnee gibt, das musst du verstehn –
Bis dann, wir werden uns schon mal sehn!

Seit dem ersten Advent bäckt sie Kuchen und Stollen
Überlegt, was die Kinder vielleicht noch wollen
Strickt für die Enkel Handschuh und flauschige Socken
Und freut sich unglaublich über die ersten Flocken
Schaut jeden Abend den Wetterbericht an
Und hat bis zum 2. Advent alles getan
Dann kommt der Regen, ganz Deutschland versinkt
Die Hoffnung schwindet, die Freude verklingt
Tage am Fenster, der Himmel ist grau
Wieder und wieder bringt die Tagesschau

Die Weihnacht wird weiß, wir können noch hoffen
Wie immer sind die Prognosen sehr offen
Das Tief hängt im Westen ziemlich zäh
Doch dann hellt es auf, dann kommt der Schnee
Und frostige Nächte, und Tage so klar
Wie es selten zu einer Weihnachtszeit war

Die Kinder kommen! In den Bergen liegt Schnee
Sie sieht und spürt es, die Beine tun weh
Verdrängt aber alles, das ist nicht die Zeit
Sie hat sich doch so auf die Tage gefreut
Seit dem Morgen ist der Tisch schon gedeckt
Für die Kleinen hat sie Bärchen in die Socken gesteckt
Ihren Kindern ein Kuvert mit Scheinen gefüllt
Und das Zimmer mit feinen Orangenduft umhüllt
Sie sind endlich da! Die Freude ist groß!
Die Kleinen sind prächtig, die Großen famos
Doch dann kommen Fragen, die sie verwirren
Sind die Kekse nicht fett? Sollten wir uns irren?
War das Mehl biologisch? Bäckst du etwa mit Butter?
Und hast du nicht irgendwo braunen Zucker?
Später bringt sie die Kleinen zu Bett
Liest ein Märchen vor, das war immer so nett
Um Himmels willen! Das kannst du nicht machen!
Da drin stehen lauter grausame Sachen –
Viel zu brutal – nicht pädagogisch geprüft!
Aber habt ihr das nicht als Kinder geliebt?
So geht es weiter, was sie auch tut,
nie ist es richtig, nie ist es gut

Die Stimmung ist dem Gefrierpunkt sehr nah
Doch plötzlich ist der Wendepunkt da
Ein Lachen, ein Nicken, ein Händedruck
Jeder gab sich den inneren Ruck
Der Blick auf die Kleinen, sie schliefen ganz niedlich
Seit langem waren sie nicht mehr so friedlich
Und alles war still und warm und vertraut
Man hat in die Zimmer von Früher geschaut
Vater war da, hat den Baum geschmückt
Und dafür die Möbel an die Wand gerückt
Ihr Kinderlein kommet – und, Stille Nacht –
Wie lange hatten sie nicht mehr daran gedacht

Man saß eng beisammen, trank Kakao, aß Kuchen
Und begann, in alten Bildern zu suchen
Das Band zwischen ihnen war wieder da,
Der Duft, der Baum, die Kerzen so nah,
Der Schnee fiel leise, vertraut und so sacht
Und still verging diese Heilige Nacht

BUCHHÄNDLER ROGALSKY

Ich erhielt die Nachricht am frühen Vormittag des ersten Weihnachtsfeiertages. Marek Rogalsky war gestorben. Seine Frau, die ich in Gedanken immer nur die Pfefferminzdame genannt hatte, teilte mir die Nachricht in knapper Form mit und bat mich, ihm die letzte Ehre zu erweisen. Außerdem habe sie etwas für mich, das sie mir in seinem Auftrag überreichen müsse.

Ich wäre auch so gekommen. Sie beendete das Gespräch, und ich war in der Trauer über seinen Tod wie versteinert, hatte ich doch gerade in letzter Zeit oft an ihn gedacht. Unmotiviert und ohne ersichtlichen Grund waren meine Gedanken fast täglich zu ihm gewandert, zu diesem kleinen, immer dunkel gekleideten, ein wenig schief gehenden Mann, der nur einen Arm hatte, aber nicht unter seiner Behinderung zu leiden schien. Im Gegenteil. Er schaffte das Kunststück, mit der einen Hand jedes Buch an der gewünschten Seite aufzuschlagen, als hätten die übrig gebliebenen fünf Finger die Fähigkeit, das Papier zu durchleuchten. Wann immer ihn jemand bat, eine bestimmte Stelle in einem Buch zu finden, drehte er sich zum Regal, griff nach dem verlangten Band, drückte ihn mit Oberarm und Ellenbogen gegen den Körper und schob den Nagel des Zeigefingers zwischen die Seiten. Stets fand er auf Anhieb den gewünschten Text. Ich gab ihm heimlich den Namen »Der Zauberer«, und bis zum heutigen Tag bleibt mir rätselhaft, wie er das machte. Jenen geheimnisvollen Nagel hatte er wachsen lassen und so bearbeitet, dass seine Spitze messerscharf war.

Daran erinnerte ich mich in diesem Augenblick und daran, wie ich ihn kennen lernte:

Ich war zehn Jahre alt und überzeugt, über all das Bescheid zu wissen, was wichtig für mich war. Ich kannte die Tiere der Umgebung, hatte für jede noch so kleine Blume einen Namen, konnte im Schlaf die Hauptstädte der Welt aufzählen, Autos unterscheiden und wusste darüber hinaus ganz genau, wie man Jungs auf die Palme bringt. Dieses Wissen war vermutlich der Grund, weshalb ich, einmal mehr, einen von ihnen auf dem Weg zur Schule ärgerte. Ich schnappte Emil – er wurde nur der dicke Emil genannt – das Pausenbrot weg und warf es in hohem Bogen in den Weiher. Noch bevor er reagieren konnte, war ich im Schulgebäude verschwunden und hatte mich schutzsuchend hinter die Lehrerin gestellt. Emil sprühte vor Zorn, durfte seine Beschwerde aber nicht mehr loswerden. Es hatte schon geläutet. Während des Unterrichts spürte ich seine drohenden Blicke, blieb in den Pausen in der Nähe von Lehrern und rannte nach Schulschluss in der Hoffnung los, er käme nicht hinterher. Meiner Überlegung nach würde er unterwegs schnaubend aufgeben. Ich hatte mich getäuscht. Mit leerem Magen, aber einer gehörigen Portion Wut im Bauch kam er näher und näher. Ich musste mit dem Schlimmsten rechnen. Den heißen Atem schon hinter mir spürend, öffnete sich in höchster Not eine Tür. Ohne zu überlegen, schlüpfte ich hinein und war in der einzigen Buchhandlung weit und breit gelandet.

Heute weiß ich, dass es Tage gibt, die vom ersten Moment an mit dem Gefühl beginnen, dass etwas Außergewöhnliches geschehen wird. Aber so ein Tag war das nicht. Hinter einem hohen Regal versteckt, lugte ich zum Eingang und sah und hörte, wie eine kleine, dunkle Silhouette mit ruderndem Arm den erschöpften Emil verjagte.

Kurz darauf schlug die Tür wieder zu, und Marek Rogalsky kam auf mich zu. Er trug ein viel zu großes, tiefblaues Jackett über einem weißen Hemd, dessen Kragen weit vom Hals abstand. Seine Haare waren mausgrau und länger, als ich sie jemals bei erwachsenen Männern gesehen hatte. Er lachte mich an, als würden wir uns schon eine Ewigkeit kennen, und bot mir an zu bleiben, bis sich der Bursche auch wirklich verzogen hätte. Ich weiß noch genau, dass er mich nicht nach dem Grund der Verfolgungsjagd fragte und wie erstaunt ich darüber war. Stattdessen bot er mir Wasser an und schob, ehe er in einer Kammer hinter den Regalen verschwand, ein Buch, das er in der einen Hand gehalten hatte, in seine Jackentasche, klopfte darauf, als wollte er sich vergewissern, dass es darin gut aufgehoben war. Das war meine erste Begegnung mit Marek Rogalsky, dem Zauberer, und sie hatte, das ist mir heute klar, mein Leben verändert.

Meine Gedanken tauchten immer tiefer in die Vergangenheit, und wie so oft erstaunte es mich auch dieses Mal nicht, dass sich die Erinnerung an jene Zeit als sicherer Ankerplatz erwies. Vielleicht hielt sie die Erstmaligkeit präsent, vielleicht die Unverbrauchtheit, vielleicht auch die lebendige Fantasie. Noch vermochte die Erfahrung nicht, ihr den Platz streitig zu machen.

Damals wollte ich gerade den Buchladen verlassen, das Wasser hatte ich hastig getrunken, als er mir zurief, er habe noch etwas für mich. Schnell drückte er mir ein schmales Comic-Heftchen in die Hand, an dessen Titel ich mich nicht mehr erinnere. Ich weiß nur noch, es ging um einen Helden des Urwalds. Ich bedankte mich erneut und versprach, bald wiederzukommen. Mein Held für diesen Tag war bereits gefunden, auch wenn er nur einen Arm hatte. Dass ich ihm dies nicht sagte, verzieh ich dem Kind, das ich damals war, aber erschreckt stellte ich nun fest, ich hatte es auch versäumt, ihm später davon zu erzählen.

Immerhin hielt ich mein Versprechen, wenn auch nicht in den nächsten Tagen oder Wochen. Es war die frühe Nachkriegszeit, und wir Kinder hatten die Straßen und Hinterhöfe, den nahen Wald, das Flussufer, ja einen gesamten Flussabschnitt für uns. Die Eltern hatten weder die Zeit noch die Kraft, sich um uns zu kümmern. Der Nachteil, dass wir die jüngeren Geschwister aufgehalst bekamen, die als Klotz am Bein mehr als lästig waren, ließ sich irgendwie verschmerzen. Jeder Tag war von Bedeutung, selbst wenn wir ihn nur schläfrig in der Sonnte vorbeistreichen ließen, an den Zaun gelehnt, die nackten Zehen im Gras versteckt. So ganz und gar ohne Kontrolle lebten wir in einer Parallelwelt, zu der die Erwachsenen nichts beitragen konnten, so wenig wie sie Zutritt dazu hatten. Wir schufen eigene Gesetze und Hierarchien, erfanden Spiele mit von uns aufgestellten Regeln, befolgten sie ohne Murren, entdeckten Mehr- und Minderheiten und streiften alles schweigsam ab, wenn sich die Wohnungstüren hinter uns schlossen.

Die Welt der Bücher war nicht Teil unseres Tagesablaufs. Und eben das sollte sich seit meiner Begegnung mit dem Zauberer gründlich ändern. Seine Buchhandlung war in den ehemaligen Räumen einer kleinen Druckerei untergebracht. Der Teil, der früher der Auftragsannahme diente, war zum Verkaufsraum umgestaltet worden, wodurch für die Präsentation der Bücher nur eine begrenzte Fläche zur Verfügung stand. Die meisten Titel lagerten im hinteren Teil des Gebäudes, inmitten der alten Druckmaschinen, die keiner kaufen wollte oder deren Abtransport zu teuer war. Bei Regenwetter roch es immer nach Leim und Öl und nach Mandeln. Ein Geruch, den ich, im Gegensatz zum Besitzer, sehr mochte. Wenn es regnete, riss er deshalb grundsätzlich die Tür des Verkaufsraums auf, auch wenn er stöhnte, die Feuchtigkeit schade den Büchern und seinem Rheumatismus. Als ich ihn an einem dieser Regentage fragte, woher er eigentlich kam, antwortete er unbestimmt, er sei heimgekehrt, und ich hörte zum ersten Mal sein Lieblingszitat, das mir bis heute gegenwärtig ist: »Ich bin zurückgekehrt, ich habe den Flur durchschritten und blicke mich um …« Ich insistierte nicht weiter, hatte schon als Kind verstanden, er mochte es nicht, ausgefragt zu werden. Ein anderes Mal sagte ich ihm, dass ich seinen Namen schön fände. Auch darauf reagierte er kaum, sah nicht einmal hoch. Schließlich murmelte er, er hätte darauf verzichten können.

Und da war die Sache mit dem Buch, das er immer bei sich trug. Er las darin oder notierte sich etwas, wenn gerade keine Kundschaft im Laden war, was häufig vorkam. Als ich danach fragte, packte er weiter unbeirrt Pakete aus oder versah die neuen Bücher mit Preisen – er schrieb die Zahlen immer mit Bleistift auf die erste Seite –, zog dann erst das kleine, schmale Büchlein aus der Tasche, beugte sich so darüber, dass ich nichts erkennen konnte und sagte:

»Ich brauche eine Fassung für meine Gedanken. Wie jedes Bild einen Rahmen braucht oder zumindest einen haben sollte, muss ich meinen Gedanken einen festen Platz geben, ehe sie sich davonmachen. Ich bin kein Schriftsteller. Ich notiere mir nur die Worte, die ich für hell, farbig, wunderbar oder hintersinnig halte. Aber ich notiere ebenso die dunklen Fährten, die sie legen. Dafür ist dieses Buch. Es gibt genügend Sammlungen, dessen bin ich mir bewusst, aber dort stehen willkürlich ausgewählte Gedanken anderer. Ich brauche meine eigenen. Denn ich suche in den Büchern mein Leben zusammen. Schau dich um! Alles, was du hier siehst, nährt mein Universum. Papier verrottet, Autoren sterben, aber ihre Gedanken bleiben auf wundersame Weise erhalten. Sie sind wie eine nie verlöschende Quelle. Aber jetzt ist es Zeit für den Tee.«

Mit diesem letzten Satz beendete er jeden Monolog. Denn ein solcher war es, musste er doch davon ausgehen, dass ich nicht verstand, von was er in solchen Momenten völliger Selbstvergessenheit erzählte. Aber das kümmerte ihn nicht, und bald zog dieser wunderbare, einmalige Pfefferminzgeruch durch den Laden, ein Duft, wie ich ihn nur bei dem von ihm zubereiteten Getränk vernahm. Die Teeblätter brachte eine junge Frau. Sie kam einmal im Monat mit einem Korb voller Minze vorbei.

Irgendwann machte Marek Rogalsky mir das Angebot, gelegentlich für ihn zu arbeiten. Als Lohn bot er an, mir aus einer Kiste – sie stellte das Antiquariat dar – ein Buch auswählen zu dürfen. Hatte ich mich in ein Neues verguckt, was hin und wieder vorkam, fand ich dieses tags darauf in der Kiste wieder.

»So neu und schon antiquarisch«, lachte er und sagte noch etwas, das so klang wie: ich hoffe, du bist schon so weit.

Das stachelte mich an. Kaum auf dem Gehweg, schlug ich das Buch auf, las die ersten Worte, las den ganzen Weg nach Hause, bis zu meinem Zimmer, bis zu dem alten, verschlissenen Sessel. Las die halbe Nacht und am anderen Tag, noch vor der Schule. Und während ich las, spürte ich, etwas tat sich auf, ein unbetretener Raum, ein Flur, der Durchgangsstation zu meinem Innersten wurde und mich andererseits glauben ließ, ich wäre binnen Stunden gewachsen. Ich sah keine Wände mehr, keine Fenster, bemerkte weder die Geschwister, noch hörte ich das Rufen der Mutter. Ich flog auf und davon, folgte dem Wolf in die Wälder, erlitt die Schindereien, die man ihm antat, hörte das Jaulen, fühlte mich verwundet, schließlich gerettet und geheilt. Inzwischen kannte ich mich in der Buchhandlung sehr gut aus und fand auf Anhieb alle Bücher von Jack London. Als Nächstes zog ich den *Ruf der Wildnis* hervor. Mit furchtbar schlechtem Gewissen schmuggelte ich den Roman aus dem Laden, las die ersten Worte gleich auf der Straße – eine Angewohnheit, die ich bis heute nicht abgelegt habe.

Aber als ich das Buch zu Ende gelesen hatte, wurde mir schmerzlich bewusst, dass ich, auch wenn ich es ins Regal zurückgestellt hatte, nicht darüber reden durfte. Und über das Schicksal von Buck, dem Schlittenhund, nicht reden zu dürfen, bedrückte mich sehr. Schließlich bildete ich mir ein, das Buch nie wirklich gelesen zu haben, und ich lernte meine Lektion daraus. Als er dann kurze Zeit später leichthin sagte: »Es gibt keine größere Entfernung als die zwischen zwei Köpfen«, bezog ich das Zitat sofort auf mich und fühlte mich durchschaut.

Die Zeiten wurden besser, und bald stapelten sich die Bände bis unters Dach. Romane und Gedichtbände, Reiseliteratur, Lexiken und Kinderbücher, Fachliteratur und Bildbände. Manches stammte auch aus Haushaltsauflösungen, die Kiste reichte als Antiquariat schon längst nicht mehr aus. Da kam er auf die Idee, zwischen alten und druckfrischen Büchern keinen Unterschied mehr zu machen. »Es kommt schließlich auf den Inhalt an«, antwortete er den irritierten Kunden, als sie Band für Band nebeneinanderstehend im Regal fanden. Und: »Natürlich sind abgegriffene Bände billiger, beachten Sie nur den Preis, er steht auf der ersten Seite.« Bücher, die unverkäuflich schienen, schob er zwischen die Druckmaschinen, in die hintersten Ecken oder benutzte sie als Unterlagen für wacklige Regale. Nie warf er ein Buch in den Müll. Er ging mit ihnen um wie mit lebendigen Wesen. Verschwanden Exemplare, nannte er sie seine Phantome. Das waren in der Regel die Aktuellen. »Kaum sind sie hier, sind sie auch schon wieder fort«, war sein ganzer Kommentar.

Immer öfter beschäftigte ich mich damit, nach der Schulzeit eine Buchhändlerlehre zu machen. Doch Marek Rogalsky, dem ich all das in schillernden Farben schilderte, gefiel diese Idee zu meinem Unverständnis ganz und gar nicht. Zwar freue er sich über meinen Eifer, er warnte aber auch davor. »Viele Dinge sind's, die wir mit Heftigkeit ergreifen sollen, doch andre können nur durch Mäßigung und durch Entbehren unser Eigen werden. Erst sollst du die Welt und dann ihr Inneres sehen. Aber jetzt ist es Zeit für Tee.«

Mit der ganzen Verzweiflung eines Kindes, das mit Verlust noch nicht umzugehen weiß, wehrte ich mich. Er aber blieb hart, und ich kam nicht mehr mit der alten Freude in seinen Buchladen. Als er mir eines Tages eröffnete, er werde heiraten, und seine Frau werde mit ihm arbeiten, hatte ich mich schon von ihm entfernt. Ich vergaß sogar zu fragen, wer seine künftige Frau sei. Doch diese Frage war überflüssig geworden, denn mir stieg plötzlich Pfefferminzgeruch in die Nase, und da wusste ich es.

Ich besuchte Herrn Rogalsky immer seltener und blieb schließlich ganz weg. Anfangs war es wohl, weil ich enttäuscht war und später, weil ich zu lange den Kontakt gemieden hatte und nicht wusste, wie ich das erklären sollte. Ich hatte engstirnig reagiert und wusste das ziemlich gut einzuschätzen. Mir war auch klar, was Marek Rogalsky dazu sagen würde: Er hätte mich zuerst lange angesehen, dann seinen geliebten Marc Aurel zitiert, oder wenn es ganz schlimm gekommen wäre, hätte er sich höflich nach meinem Befinden erkundigt. Das wollte ich mir ersparen.

Nur noch einmal, ich war längst erwachsen, kam ich ihm nahe. Mein Vater hatte seinen siebzigsten Geburtstag, und ich sollte auf jeden Fall einen zweitägigen Besuch bei meinen Eltern einplanen. So ihr Wunsch. Ich fügte mich ungern, tat ihnen aber den Gefallen. Meine Besuche waren seit geraumer Zeit immer spärlicher geworden. Zwar telefonierten wir hin und wieder, aber die Entfremdung zwischen uns wuchs bei jedem Gespräch. Wir hatten einander einfach nichts mehr zu sagen, und so blieb es bei höflichen Erkundigungen und Alltagserzählungen beiderseits. Meine Geschwister waren früher angereist, und da es ein warmer und sonniger Tag war, konnten wir im Garten feiern. Ich übernachtete in meinem alten Kinderzimmer, das zum Hobbyraum meines Vaters geworden war. Er schnitzte Miniaturvögel, baute Kuckucksuhren, reparierte alles, was sich nicht mehr drehte oder nicht mehr tickte oder nicht mehr schlug. Mein Bett stand noch dort, wo es immer gestanden hatte und auch mein Bücherregal mit Kinder- und Jugendbüchern. Ohne gewählt zu haben, nahm ich am anderen Morgen ein Buch heraus und schlug die erste Seite auf. Die Preisangabe in den kleinen Bleistiftzahlen war noch immer deutlich erkennbar, ebenso der Stempelaufdruck auf einem herausnehmbaren Beiblatt: M. Rogalsky, Buchhandlung. Scham kam über mich wie eine Welle. Ob es sie noch gab? Ich würde spazieren gehen, erklärte ich meiner Mutter nach dem Frühstück, wusste aber schon, dass ich nur ein Ziel hatte: meine Buchhandlung.

Die ehemals staubige und enge Straße war verbreitert und mit neuem Belag versehen worden. Geschäfte, die mir völlig unbekannt waren, reihten sich daran entlang. In der früheren Metzgerei befand sich jetzt ein Rot-Kreuz-Kleiderladen, statt der Bäckerei fand ich einen Drogeriemarkt vor, und dort, wo wir unser Geld für Süßigkeiten ausgegeben hatten, verkaufte die Telekom ihre Handys. Nur mit größter Überwindung setzte ich meinen Weg fort. Aber meine Befürchtung traf nicht ein. Wie eh und je, allen Erneuerungen oder Veränderungen zum Trotz, fand ich den Eingang, der mir vor vielen Jahren rettende Flucht geboten hatte. Ich betrachtete die Auslage, schielte dabei aber schon auf das Schild an der Tür mit dem Namen des Inhabers und war wieder erleichtert, auch hier hatte sich nichts geändert. Marek Rogalsky. Er musste inzwischen uralt sein. Und doch berichtigte ich den Gedanken gleich wieder. Für Kinder sind alle Erwachsenen alt, egal wie viele Jahre sie auf dem Buckel haben.

So war ich dann auch nicht allzu überrascht, als sich die Ladentür öffnete und der Buchhändler neben mich ans Schaufenster trat. Sein Gesicht, sein Haar, seine Figur, nichts schien sich verändert zu haben seit der Zeit, als ich ihn zuletzt gesehen hatte. Und ich war nicht weniger verlegen als damals bei unserer ersten Begegnung. »Aha! Haben wir ausgeschmollt?« Und dann lachte er, was sollte ich schon machen, ich lachte mit.

Er bat mich, mit ihm in den Laden zu kommen. Kaum war die Tür aufgegangen, strömte alles auf mich ein, was ich je mit der Buchhandlung verbunden hatte. Mandeln und Pfefferminze, Öl, alte Bücher, die neuen, Pakete und Leim, immer wieder Leim mit Mandelduft. Es war ein schöner, aber auch ein schmerzlicher Moment, den ich jedoch mit allen Sinnen einsog.

Die Holzregale und Auslagentische standen – ich erinnerte mich sofort – noch immer an denselben Plätzen. Nur die Bücher waren neu. Sie wirkten mit ihren Hochglanzumschlägen in dem dunklen, von Holz und Stofftapeten bestimmten Raum wie Fremdkörper und irgendwie deplatziert. Auf meine Frage, wo denn die antiquarischen Bände geblieben wären, zuckte er mit der Schulter.

»Die Welt hat sich verändert, seit du – ich darf doch noch du sagen – zum letzten Mal hier warst. Aber nur der Form, nicht dem Inhalt nach.«

Ohne nachzudenken, fragte ich nach seinem Büchlein, und er klopfte auf die Jackentasche.

»Das ist auch so seltsam. Als ich jünger war«, sagte er, »befürchtete ich, mehrere Ries Papier beschreiben zu müssen, um all die Gedanken und Zitate zu notieren, die ich im Laufe meines Lebens als wichtig erachten würde. Aber je älter ich werde, desto weniger Seiten brauche ich. Das Leben fußt auf vereinzelten Erkenntnissen, nur die Literatur scheint unendlich zu sein. Und jetzt ist es Zeit für Tee.«

In meinem wundervollen Buchladen war die Welt stehen geblieben, war statisch wie ein Gedicht von Benn und schön wie eine japanische Zeichnung. Während er die Minze aufbrühte, sah ich mich genauer um. Hinter diesem Regal hatte ich gesessen, als Emil mich verfolgte. Als hätte er meine Gedanken gelesen, erzählte er, die Teekanne und Tassen geschickt mit der einen Hand balancierend: »Er ist zu einem ranken und schlanken Mann herangewachsen und Zahnarzt geworden, der mit seiner Familie noch immer hier wohnt. Auf dem Hügel neben der Kirche besitzt er ein Haus, in dem auch die Praxis untergebracht ist.« Ich vernahm in dieser Äußerung jenen seltsamen Unterton, mit dem er – auch früher schon für Fremde unmerklich – seine Bedenken auszudrücken pflegte. Unvermittelt fragte er: »Na, noch immer daran interessiert, den Buchladen zu übernehmen?« Ich zögerte, antwortete ausweichend, plauderte lieber über alte und neue Zeiten, und mit dem Versprechen, mir sein Angebot zu überlegen, verließ ich den Laden.

Ich wollte gerade einen letzten Blick in die Auslagen der Buchhandlung werfen, als ich in der spiegelnden Scheibe einen Reflex wahrnahm. Das Gefühl, beobachtet zu werden, irritierte mich. Ich wandte mich um und sah auf der gegenüberliegenden Straßenseite einen Mann, der etwa in meinem

Alter sein musste. Er war sportlich gekleidet, schlank, und seine Haare lagen exakt aufeinander, als hätte er sie eben gekämmt. Mit der gesamten Erscheinung wollte er so gar nicht zum dörflichen Straßenbild passen. Noch während ich ihn musterte, winkte er mir lachend zu. Sollte das wirklich der dicke Emil sein? Schon lief er über die Straße, nahm mich in den Arm und wirbelte mich herum. Ich konnte mich nur wundern. Dann erzählte er, er sei Zahnarzt geworden, ihm gehöre das große Haus an der Kirche ebenso wie das, wo der Friseur untergebracht sei, und auch der Drogeriemarkt zahle seine Miete an ihn … Ohne Punkt und Komma sprach er weiter, wollte wissen, was aus dem und jener geworden sei, stellte mir zwischendurch neue Fragen, ohne die Antwort abzuwarten, redete in einem fort. Ich wusste gar nicht, wie ich mich aus der Situation befreien konnte. War er als Junge so maulfaul gewesen, dass die Lehrer ihm jedes Wort aus der Nase ziehen mussten, hatte er als erwachsener Mann das kindliche Schweigegelübde gründlich abgelegt. Er schien gar nicht zu bemerken, dass die Tür zur Buchhandlung aufgegangen war. Ich aber erkannte die Pfefferminzdame sofort. Sie jedoch rettete mich nicht. Ohne uns zu beachten, schwang sie sich auf ihr Fahrrad und fuhr davon. Für einen Augenblick hatte ich gehofft, Herr Rogalsky würde heraustreten, mich ein zweites Mal vor Emil schützen, mich gleich wieder mit sich hineinnehmen in seine Welt, wo sich die Worte mit dem Staub verbanden und jedes Aufwirbeln nur zur Folge hatte, dass bald alles lautlos herabfiel und so die Ruhe nie wirklich gestört wurde. Eine wunderbare Ruhe, gleichzusetzen mit einem universalen Stillstand, der zugleich Geborgenheit und Weisheit beinhaltete.

Letztlich blieb mir keine andere Wahl, ich musste Emil stehen lassen und trat den Rückweg an.

Aber bereits damals war meine Entscheidung gefallen. Es ging nur noch darum, meinen Entschluss, die Buchhandlung nicht zu übernehmen, für mich verständlich zu machen. Ich leistete lange Widerstand gegen den Gedanken, bis ich ihn endlich zuließ: Ich konnte und wollte auf den Zauber nicht verzichten, den ich in meiner wunderbaren Buchhandlung gefunden hatte. Was mich betraf, war das längst zu einer existenziellen Frage geworden. Ich rief an, um Marek Rogalsky meine Entscheidung mitzuteilen. Er aber sagte nur: »Es eilt nicht.«

Fast ein Jahrzehnt später erreichte mich die Nachricht vom Tod des Buchhändlers.

Die Trauerfeier und anschließende Beerdigung fanden nach den Weihnachtsfeiertagen statt. Fast alle Einwohner des Dorfes waren gekommen. Wer fehlte, war krank oder beruflich unterwegs. In vorderster Reihe saßen die Witwe, der Bürgermeister und der Feuerwehrhauptmann in Uniform. Er war in der Buchhandlung Rogalsky Stammkunde gewesen, schon zu der Zeit, als ich dort ausgeholfen hatte. Und er war es auch, der eine kurze und berührende Rede hielt. In all den Jahren sei ihm Marek Rogalsky Freund geworden, begann er tief bewegt. Marek hätte ihm auch dann noch zugehört, wenn andere längst die Flucht ergriffen hätten. Wie solle er denn nun noch etwas finden, ohne Mareks magischen Zeigefinger. Irgendwann wollten sie gemeinsam eine Reise nach Island antreten, um ins rote Auge des Vulkans zu schauen. Sie hätte es zu lange hinausgezögert, und nun wäre es ja nicht mehr möglich. Also würde er allein hinfliegen und aus der Lava einen Vulkanstein wählen, der seinem Freund angemessen sei. Das habe Marek verdient. Dann verneigte er sich vor dem aufgebahrten Sarg und nahm seinen Platz wieder ein.

Dass Marek Rogalsky Katholik gewesen war, wurde mir erst während der Trauerfeier bewusst. Ein katholischer, polnischer Deutscher oder ein deutscher katholischer Pole. So genau wusste das keiner.

Nach der Zeremonie wartete ich am Ausgang auf Frau Rogalsky. Sie bat mich, am Abend zur Buchhandlung zu kommen.

Ich suchte eine Gaststätte oberhalb des Friedhofs auf, um in Ruhe nachdenken zu können. Ich hatte eine Ahnung, weshalb sie mich um ein Gespräch gebeten hatte. Es konnte nur um die Buchhandlung gehen. Sie wollte sie mir fraglos zum Kauf anbieten, so wie es Marek Rogalsky bei meinem Besuch vor Jahren vorgeschlagen hatte. Ich überlegte lange, wie ich an einem solchen Tag ablehnen sollte und formte die Sätze in meinem Kopf: Frau Rogalsky, bitte verstehen Sie, dass es für mich keinen Zutritt in die Welt geben kann, die Ihr Mann geformt hat und die nur durch ihn zu dem wurde, was sie ist: meine wunderbare Buchhandlung.

Und genau so sagte ich es ihr. Unsere Begegnung fiel entsprechend kurz aus. Frau Rogalsky nahm meine Entscheidung ohne sichtbare Regung entgegen. Bevor ich mich verabschiedete, drückte sie mir ein Kuvert in die Hand. Ich nahm es dankend entgegen. Kaum auf der Straße, öffnete ich es. Eine schwarze Kladde von der Art, wie Marek Rogalsky sie immer bei sich hatte, lag darin. Noch im Gehen schlug ich die erste Seite auf. Der erste Eintrag, in feiner Bleistiftschrift geschrieben, zitierte Marc Aurel:

»Entweder lebst du hier fort und bist alsdann schon daran gewöhnt, oder du ziehst von hier weg und wolltest dann eben das, oder du stirbst, und dann hast du ausgedient. Ein viertes aber gibt es nicht. Sei also nur guten Mutes!«

Für einen Moment sah ich sein feines, spöttisches Lächeln vor mir. Ich blätterte weiter, fand darin die Sammlung seiner Gedanken, schlug das Büchlein zu, schob es in meine Jackentasche und klopfte leicht darauf, um mich zu vergewissern, dass es dort sicher aufbewahrt lag.

Vor allem aber liebte er Lucia und Willi. Die beiden Katzen wohnen bei ihm, oder er bei ihnen, so genau vermochte er das nicht zu unterscheiden, aber es war offensichtlich, dass die Tiere ihn als Untermieter betrachteten. Das Weibchen war eine Schönheit von zierlicher Statur und trug dunkle Tigerstreifen, während der Kater in einem verwaschenen Grau daherkam, das an Flusskieselsteine erinnerte. Die dicken Pfoten und ein mächtiger Schädel untermauerten seinen gedrungenen Körperbau.

Magnus Fehringer tat alles, um die beiden den fehlenden Freigang vergessen zu lassen. Die Altbauwohnung in der Innenstadt war groß genug, dass sie sich hätten aus dem Weg gehen können. Wobei, sie taten es keineswegs. Willi ging hinter Lucia her. Nie war es andersherum. Sie bestand auf ihre Rituale, Willi schloss sich an. Morgens, nach ausgiebigen Dehnübungen im Bett des Untermieters (vorwiegend quer über dessen Kopf), nahmen sie das Frühstück auf blitzsauberen Tellern ein. Feinste Katzenkost vom obersten Fach im Tierfutterregal, sonst ließen die Gourmets das Menü beleidigt stehen. Dann wurde der rundum mit Glas und Gitter gesicherte Balkon inspiziert, auf dem nur Pflanzen standen, die gut rochen. Doch jetzt, kurz vor dem vierten Advent, trafen sie dort lediglich auf stachelige Tannenzweige, die sie gekonnt ignorierten. War alles zu ihrer Zufriedenheit, folgte ein Schläfchen auf der breiten, mit weichen Decken gepolsterten Fensterbank über der Heizung.

Das war für Magnus Fehringer der Zeitpunkt, sich um

die eigenen Bedürfnisse zu kümmern und rechtzeitig aus dem Haus zu kommen. Dabei fiel die Verabschiedung einseitig aus. Er wünschte einen wunderbaren Tag, während die beiden, geheimnisvoll maunzend, sich aneinanderkuschelten und ihn nicht beachteten.

Es war sein letzter Arbeitstag vor dem Weihnachtsurlaub. Zwei Wochen hatte er frei. Das waren zwei von acht, die ihm laut Vertrag zustanden. Magnus Fehringer arbeitete als Schadensgutachter bei einer großen Versicherung, und das schon seit fünfundzwanzig Jahren. Ein Fünftel weniger hatte seine Ehe gehalten. Seine Frau erklärte ihm an einem Samstagabend, dass sie sich von ihm trennen würde. Einen Grund dafür gab sie nicht an. Der war auch nicht nötig, denn die vielen Kurzreisen und Wochenendausflüge, die sie allein unternommen hatte, wären auch einem weniger intelligenten Menschen wie ihm aufgefallen. *Ablöse-Reisen* hatte er insgeheim gedacht und sich – wenn auch mit einer schleichenden Resignation – längst auf den Abschied eingestellt.

Dass seine betagte Nachbarin von nebenan fast zeitgleich mit seiner Frau das Mietshaus verließ, mochte ein Zufall sein, aber Magnus sah es als Wink des Schicksals. Die alte Dame musste in ein Pflegeheim, weil sich keines der Kinder um sie kümmern wollte. Und noch weniger um ihre Katzen. Die Geschwisterchen Lucia und Willi waren zu diesem Zeitpunkt gerade ein Jahr alt. Ihnen drohte das gleiche Los wie der alten Frau, nur dass ihre neue Bleibe Tierheim heißen würde.

Magnus Fehringers Höflichkeitsbesuch – er wollte sich von der alten Dame stilecht mit Handschlag verabschieden – kam einem Drama gleich. Nicht ihr Weg mache ihr Sorgen, der sei vorausbestimmt, und damit habe sie sich abgefunden, nein, ihre Lieblinge … Die alte Frau sprach nicht weiter, sah Magnus nur an. Und als wüssten ihre Lieblinge, worum es ging, sahen auch sie ihn an. Lucia mit moosgrünem Augenaufschlag und Willi mit graugrünem Trauerblick.

Ja, nein, ich weiß nicht. Mehr brachte Magnus nicht heraus, denn die Katzen sprangen nacheinander auf seinen Schoß. Lucia zuerst.

Er nahm die beiden mit sich. Sie inspizierten die Räume, besetzten danach den dunkelblauen Designersessel seiner Frau und schienen ihr neues Zuhause zu akzeptieren. Magnus war skeptisch, aber als Gutachter war er mit Recherchen vertraut, und schon nach wenigen Tagen hatte er sich durch tausende Ratgeber gewühlt. Lucia und Willi interessierten seine Studien herzlich wenig, sie forderten und gaben. Denn wenn er in sein Bett schlüpfte und das zweistimmige Schnurren neben sich hörte, vergaß er alles andere. Auch seine Frau.

Der erste Sommermonat nach der Trennung war da. Auf seinem Balkon in einem Gartenstuhl lungernd, den Duft von Katzenminze in der Nase, überfiel ihn wie aus dem Nichts eine tiefe Traurigkeit. Ihm wurde bewusst, dass er auf seine geliebte Sommerreise verzichten musste, weil er seine Mitbewohner nicht allein zurücklassen konnte. Und sie über sechs Wochen in fremde Hände zu geben, hätte er nicht übers Herz gebracht. Lucia und Willi, die unter dem Sonnenschirm lagen und sich gegenseitig die Pfoten drückten, ahnten nichts von diesem Dilemma. Das sei ganz allein sein Problem, schien ihr Verhalten zu signalisieren. Bedrückt war Magnus aufgestanden und hatte dabei die gut gefüllte Gießkanne umgestoßen. Wassertropfen spritzten nach oben, trafen Willi, und das herausströmende Wasser ergoss sich über den gesamten Boden, worauf Lucia und er pikiert in die Wohnung flüchteten.

Just in diesem Moment war Magnus die erlösende Eingebung gekommen. Er würde mit seinen Katzen auf eine Insel reisen, eine kleine, eine sehr kleine Insel, weiß der Himmel. Die beiden könnten sich dort frei bewegen, ohne dass die Gefahr bestand, dass sie ausbüxten. Und er wollte endlich seinen alten Dudelsack aus dem Keller holen und ungestört üben. Das Instrument hatte er von einer Schottlandreise mitgebracht, aber seine Frau war nie bereit gewesen, ihm zuzuhören.

Die Planung des Sommerurlaubs verlief hervorragend. Eine Insel zur alleinigen Benutzung war schon nach kurzer Zeit gefunden. Sie lag zwischen zwei Meerbusen im Süden Finnlands, war nur per Boot zu erreichen und weit genug entfernt von jeder anderen menschlichen Seele, die sich an Dudelsackmusik stören könnte. Perfekt, sagte er zu seinen Katzen, die nichts von alldem ahnten.

Er hatte versucht, an alles zu denken, damit seine Tiere genug Platz hätten, einen VW-Bus angemietet, und noch bevor die große Fahrt begann, an einem alten Bauernhof einen Halt eingelegt, die Seitenfenster geöffnet und eine Weile gewartet. Er wollte so viele Fliegen wie möglich in den Wagen locken, damit die Katzen unterwegs genügend Beschäftigung fänden.

Seine Lieblinge verhielten sich überraschend gut. Nachdem sie allen Fliegen den Garaus gemacht hatten, legten sie sich in die geöffnete Box und schliefen fast während der ganzen Fahrt, selbst auf der Fähre hörte er nichts von ihnen. Vielleicht taten auch die Reisetabletten des Tierarztes ihr Übriges.

*

Wenn er jetzt, so kurz vor Weihnachten, daran dachte, wie das Abenteuer ausgegangen war, spürte er einen gewissen Stolz für seine Planung. Wie am Schnürchen hatte alles geklappt, die Schlüsselübergabe, das Übersetzen, die Eingewöhnungsphase, und dann war auf dem kleinen Eiland sein Plan endgültig aufgegangen.

Lucia und Willi im Glück. Sie hatten sich fast Tag und Nacht im Freien aufgehalten, ohne dass er jemals Angst um sie haben musste. Und er hatte seinem Dudelsack ohne jede Hemmung die schrägsten Töne entlocken können, mit der Zeit sogar den Mechanismus besser verstanden. Und immer, wenn er sein Instrument weggelegt hatte, tauchten die Katzen auf, es gab Essen und danach den gemeinsamen Mittagsschlaf. Manchmal hatten finnische Fischer angelegt und ihm etwas von ihrem Fang abgegeben. Sie wollten sicher den verrückten Deutschen sehen, dachte er, denn in Finnland war er mit seinem Dudelsack und seinen Katzen spätestens nach seinem dritten Aufenthalt zu einer kleinen Berühmtheit geworden.

Schnee, hatte er gedacht, ist Wasser, nur in einem anderen Aggregatzustand, als er die dicken Flocken, die sich auf dem Balkon, den Bäumen, der Straße und, wie es schien, auf der ganzen Stadt niederließen. Was im Sommer auf der Insel geklappt hatte, müsste doch auch im Winter möglich sein. Er brauchte nur nach einer Schnee-Insel zu suchen, nach einer Hütte in den Bergen, die, von einem weißen Wall umgeben, Lucia und Willi ebenso schützen würde wie das Wasser um die Insel. Dann stünde auch einer Reise zu Weihnachten nichts mehr im Wege. Denn eigentlich vermisste er seine Frau nur noch an den Weihnachtstagen. Er hoffte, dass in einer anderen Umgebung die Erinnerung weniger schlimm sein würde.

So war er in die Berge gefahren und hatte nach einem geeigneten Objekt gesucht. Hoch auf einem Nordhang fand er ein ziemlich in die Jahre gekommenes, einzeln gelegenes Bauernhaus mit Schindeldach und angrenzendem Stadel für Gerätschaften und Heu. Der alleinstehende Bauer ließ sich auf die Vermietung seines kargen Besitzes ein. Es sei *a wüschte Zit* und *vergelt's Gott* hatte er gemurmelt und dass er die Weihnachtstage sowieso bei seiner Schwester unten im Dorf verbringen würde. Auf die Frage, was der junge Mann denn hier oben wolle, war von Magnus eine ausweichende Antwort gekommen. Abstand gewinnen und einen Neuanfang wagen. Er hatte dem Bauern – Magnus schätzte sein Alter auf über 70 Jahre – dabei direkt ins Gesicht gesehen. Tiefe Furchen durchzogen die eingefallenen Wangen, Hände von Knoten und Schwielen überzogen und ein gebückter und langsamer Gang zeugten von einem harten Leben in dieser einsamen Gegend. Der Alte machte nicht viele Worte, vermutlich auch deshalb, weil er nur selten mit Menschen sprach. Jetzt aber gab er Magnus den Rat, das Alleinsein nicht zum Selbstzweck werden zu lassen. Bis übermorgen dann, hatte sich Magnus verabschiedet. *Ja, bis zum Dienstag.*

Die reiseerprobten Katzen nahmen auch diese Fahrt gelassen hin, obwohl es keine Fliegen gab, um sich die Zeit zu vertreiben. Allerdings, und das bemerkte Magnus während der Fahrt zum Bauernhof, hatten sie den Karton mit Weihnachtsdekoration geöffnet und waren mit Eifer über den Inhalt hergefallen. Er ließ ihnen den Spaß. Und hatte seine Ruhe.

Sein Auto musste er ein Stück weit vom Ziel entfernt abstellen. Für den Transport der mitgebrachten Habseligkeiten hatte ihm der Bauer einen Hörnerschlitten bereitgestellt. Wie ein Lastesel blieb ihm nichts übrig, als ihn an einem Strick den Hang hinaufzuschleppen. Die Göttin Freya hatte es da besser gehabt, dachte er. Sie ließ ihren Karren von ihren Lieblingskatzen Bygul und Trjegul ziehen. Aber da er weder eine Göttin war, noch seine beiden mit der nordischen Mythologie vertraut zu sein schienen, rackerte er sich ab und bugsierte die Last schnaubend den Berg hinauf.

Immerhin war die Wohnstube beheizt. Der Bauer hatte zudem einen großen Vorrat Holz neben dem brennenden Kamin gestapelt. Magnus bedankte sich überschwänglich dafür. Wenn der Bauer darüber überrascht war, dass sein Gast Katzen mitgebracht hatte, zeigte er das jedenfalls nicht offen. Im Gegenteil, er ging in die Knie und lockte Lucia und Willi zu sich. Dabei sprach er ganz leise unverständliche Worte. Die Katzen hoben ihre Schwänze und näherten sich ihm ohne Scheu, strichen um seinen Körper, schmiegten sich an ihn und schienen jedes Wort zu verstehen. Er kennt ihre Sprache, dachte Magnus, und fast keimte so etwas wie Eifersucht in ihm auf. Als hätte der Alte das verstanden, stand er auf, nahm sich den bereitgestellten grünen Rucksack und ging mit einem Nicken in die dunkel scheinende Schneelandschaft hinaus.

Magnus Fehringer hatte sich eingerichtet. Die Schränke waren mit Vorräten gefüllt, das Bett – es war über eine Art Hühnerleiter über der Stube zu erreichen – war bezogen und mit allerhand Wolldecken bestückt, Strom und Wasser funktionierten, und auch mit dem Holzherd kam er nach einiger Übung gut klar. Erst danach war er, begleitet von Lucia und Willi, nach draußen gegangen. Die Katzen verabscheuten, wie von ihm berechnet, den Schnee. Sie hielten sich eng am Haus und verschwanden im Stadel, kaum dass er das große Tor geöffnet hatte. Ein uralter Fendt-Traktor nahm fast den ganzen Raum ein. An den Balken hingen, sauber nebeneinander aufgereiht, Rechen und Gabeln, darunter Huinzen, auf denen das frisch gemähte Gras im Sommer zum Trocknen verteilt werden würde, einige Kisten mit kleinen, dunklen Äpfeln und Kartoffeln lagerten auf einem Gestell, das aus groben Steinen aufgebaut worden war. Eine uralte Tür führte offenbar weiter ins Innere des Gebäudes, doch sie ließ sich nicht öffnen. Schulterzuckend akzeptierte er es und schaute sich weiter um. Eine große Menge Heu war bis unter die Decke geschichtet. Genau dort vermutete er seine Katzen, denn es raschelte und fiepte aus allen Richtungen. Er war überzeugt, dass sie aus vollem Herzen lachten. Ein kleines Fenster in der Wand ließ etwas Wintersonne ins Dunkel. Im Sonnenstrahl tanzte der Staub mit dem aufgewühlten Heu. Perfekt, sagte er einmal mehr zu den verschwundenen Katzen.

Er ging zurück in die Stube, holte, als es Zeit zum Essen war, seinen Dudelsack hervor, legte nach wenigen Tönen das

Instrument zur Seite, und es gelang ihm so wie immer, die Katzen zu sich zu locken. Sie bekamen ihr Futter, er machte sich sein Abendbrot, und nach zwei Glas Landwein kroch er müde, aber zufrieden in seine Bettenburg. Er hatte sich kaum zugedeckt, da kamen sie schon gekonnt die Hühnerleiter hoch, Lucia zuerst und Willi hinterher, und mit dem zweistimmigen Schnurrgesang schlief er glücklich mit dem Gedanken ein, dass bald Heiligabend war.

Die Tage vergingen, einer wie der andere. Jeden Morgen nach dem Frühstück packte er seinen Dudelsack aus, reinigte die Pfeifen, füllte den Luftsack, schob das so vorbereitete Instrument unter seinen Arm und begann mit seinen Übungen. Das war das Signal für seine Katzen. Sie schossen förmlich aus der Stube. Er hatte aus Erfahrung die Tür bereits einen Spalt geöffnet und genauso das Tor des Stadels, wobei ihm auf dem Weg dorthin aufgefallen war, dass im frisch gefallenen Schnee Schuhspuren zu sehen waren. Aber er schenkte seiner Beobachtung keinen weiteren Gedanken, fühlte sich so sicher wie auf der finnischen Insel und spielte auf. *Improvisationen* nannte er seine Lieder, denn so viel Ehrlichkeit sich selbst gegenüber gestand er sich schon ein. Die Töne, die aus den Pfeifen kamen, waren noch immer unberechenbar. Bis zur Mittagszeit gönnte er sich den Wohl- oder Missklang, je nachdem er es betrachten wollte, dann packte er sein Instrument zusammen und bediente sich an den Vorräten. Wie immer hatten die Katzen mitbekommen, dass das Konzert beendet war und scharrten pünktlich zur Essenszeit an der Stubentür. Danach folgte das gemeinsame Mittagsschläfchen.

Nachmittags schippte Magnus den frisch gefallenen Schnee an die Längsseite des Stadels. Diese schweißtreibende Beschäftigung befriedigte ihn in hohem Maße, und stolz legte er nach getaner Arbeit die Schaufel zur Seite. In der Stube bollerte das Feuer im Kamin, dort wärmte er seine kalten Füße und las dabei in einem Buch. Im Haus gab es zwar ein kleines Transistorradio, doch das ließ er unbeachtet. Einen Fernseher suchte man vergeblich. Der Blick aus dem Fenster auf die Berge und Wälder ringsum würde eh jedem Programm die Schau stehlen, wusste er.

Als er am Morgen des 24. Dezember die Stubentür öffnete, um seine Inselkatzen wie immer vor dem Üben nach draußen zu lassen, lag zu seiner großen Überraschung eine kleine Tanne im Schnee. Sie konnte nur vom Vermieter stammen, und das rührte ihn fast zu Tränen. Er hätte nicht gewagt, in den Wald zu gehen, um sich einen Weihnachtsbaum zu schlagen, und hatte sich schon auf einen Heiligen Abend ohne Christbaum eingestellt. Er schüttelte den Schnee vom Baum, sah das unvergleichlich schöne Grün der Nadeln, spürte und roch das Harz an seinen Händen und trug das Kleinod in die Stube. Der mitgebrachte Weihnachtsschmuck war durch die Katzenbehandlung arg mitgenommen. Nicht ein Papierengel war heil geblieben. Aber mit dem Rest, den Rentieren und Schlitten aus Holz (ein Mitbringsel aus Finnland), den Bändern, seinem Apfelvorrat und den elfenbeinfarbenen Wachskerzen, zauberte er eine Baumdekoration, die in der Umgebung aus Holzgebälk und Stubencharme kaum schöner hätte sein können. Zur Mittagszeit rief er nach seinen Katzen.

Sie kamen nicht. Schnell zog er seinen Dudelsack hervor,

spielte ein paar Töne, legte ihn zur Seite, aber sie kamen noch immer nicht. Er suchte in allen Ecken der Stube, ging in den Stadel, wühlte im Heu, aber er fand kein Lebenszeichen. Zwei Stunden suchte er vergeblich, er ließ das Essen kalt werden, hatte keinen Hunger. Magnus Fehringer fiel aus großer emotionaler Höhe in die Tiefe einer anhaltenden Verzweiflung. Die Weihnachtsgeschenke lagen unberührt unterm Christbaum, kein Licht flackerte in der Stube. Er saß im Dunkeln. Und er spekulierte. Ob sie in den Wald gelaufen waren, ob sie sich verlaufen hatten, ob der Fuchs oder ein Wolf oder ein Fremder …?

Die Spuren im Schnee fielen ihm ein. Sie wurden in seiner Erinnerung größer und bedrohlicher, sie deuteten auf Gefahr, auf Unbill, auf eine Katastrophe. Er war nahe daran, in Tränen auszubrechen, schalt sich einen Idioten, hätte er doch wissen müssen, ahnen können, wie neugierig Katzen sind und dass sie sich nicht einsperren lassen würden, wenn ihre Neugier geweckt wäre. Diese Viecher mit ihrem eigenen Kopf. Er wurde wütend: auf sie, auf den Christbaum, auf den Bauer, auf den Schnee, die Stube und den Stadel.

Die Nacht brach herein. Aus dem Dorf, ganz unten am Hang, hörte er Kirchenglocken läuten. Die Menschen dort freuten sich sicher auf den Heiligen Abend, dachte er, sitzen gemütlich am Tisch, die Kinder warten und hoffen auf ihre Geschenke, die Mütter und Väter, die Großmütter, Großväter, Tanten und Onkel, alle sind da und bewundern den prachtvoll geschmückten Baum. Er bedauerte sich, bereute, keine Einladung der Freunde angenommen zu haben. Stattdessen saß er menschenseelenallein, ohne seine undankbaren Wohnungsgenossen am schiefen Holztisch. Als er schließlich doch Licht machte, entdeckte er eine Petroleumlampe. Sie war ihm bisher nicht aufgefallen, auch weil er sie nicht gebraucht hatte. Er entzündete den Docht, ging damit erneut zum Stadel. Rief und lockte, *bsbsbsbs. Lucia, Willi*, heulte auf, *wo steckt ihr?*

Immer tiefer ging er ins Innere des großen Raumes, bis zu der verwitterten alten Holztür. Klopfte dagegen. Hielt sein Ohr daran und fiel fast nach hinten um, als jemand *Herein* rief.

Mehr Verschlag als Zimmer, mehr Rumpelkammer als Wohnraum war zu sehen, als er eintrat. Die Überraschung hätte größer nicht sein können. In einem uralten Sessel, der alle besten Jahre schon hinter sich hatte, saß der Bauer, und auf seinem Schoß lagen die beiden so schmerzlich vermissten Katzen. Auf dem Boden standen zwei Blechteller, Reste von Speck darin, daneben eine Schüssel Milch. Die kleine Behausung war so kalt, dass sich innen Eiszapfen unterhalb der Fensterluke gebildet hatten. Der Bauer sah ihn durchdringend an, die Katzen ohne jedes Schuldgefühl. Als sich Magnus Fehringer gefangen hatte, machte sich zunächst Erleichterung breit und dann Neugier. Warum er nicht bei seiner Schwester im Dorf sei? Gab es etwa keine Verwandte? Warum er nicht auf sein Rufen geantwortet habe, er sollte doch wissen, dass seine Sorgen groß waren. Er bekam keine Antwort, der Bauer schüttelte nur den Kopf.

Magnus Fehringer war ein praktischer Mann, das hatte ihn immer ausgezeichnet. Er nahm seine Katzen (unter Protest) auf den Arm, redete dem alten Bauern gut zu und erreichte schließlich, dass sie gemeinsam zum Bauernhaus gingen, wo im Kamin – vielleicht durch den Luftzug – das Holzfeuer freudig aufloderte. Die Katzen rollten sich auf der Decke davor zusammen, und Magnus hatte den Eindruck, dass sie wieder einmal über ihn tuschelten. Der Bauer hieß mit Vornamen Severin, das hatte er bisher nicht gewusst. Er war, das konnte man deutlich sehen, völlig durchgefroren. Magnus holte eine Wolljacke und Socken, füllte ein Glas mit Wacholderschnaps, gönnte sich selbst auch einen. Danach durchzog den Raum eine Stille, die guttat.

Viel später entzündete Magnus die Kerzen am Baum und stellte einen kleinen Fondue-Topf, Käse und Weißbrot auf den Tisch. Die Männer bedienten sich schweigend, Severin zunächst zurückhaltend, doch der Hunger gewann die Oberhand. Als alles wieder auf seinem Platz stand, holte Magnus den Landwein, er half, die Scheu, die sie gegenseitig noch immer empfanden, zu überwinden. Bald füllten sie den Raum mit Gesprächen, mit Geschichten, mit Tränen und mit Lachen. Längst waren die Kerzen am Baum niedergebrannt, doch die kleine Tanne durchströmte den Raum so weihnachtlich, als hätte sie nie etwas anderes gemacht. Später wurde die Küchenbank zum Schlafplatz gewandelt, wobei Severin nur schwach dagegen protestierte.

Lucia und Willi, die Inselkatzen, blieben vor dem Kamin. Sie schnurrten und drückten sich gegenseitig die Pfoten, tauschten so auf Katzenart ihre Geheimnisse aus, die, so kam es Magnus vor, nur Severin, der warm verpackt auf der Küchenbank schlief, verstehen konnte.

DIE WEIHNACHTSGANS

Kinder, marsch in euer Zimmer,
Der Lärm hier wird ja immer schlimmer.
Das Christkind hört mit Sicherheit
Von draußen euern lauten Streit.
Und nehmt den Hund dann auch gleich mit,
Er glaubt, er sei hier Requisit.

Bald steht der stattlich hohe Baum,
Und Weihnachtsduft durchströmt den Raum.
Jetzt fehlt nur noch, ihn bunt zu schmücken
Und an den besten Platz zu rücken.

Urplötzlich dann ein Riesenkrach,
Ein Hilferuf, ein Jammern, ach,
Schon kommt der Junge angerannt,
Als hätt' er sich am Herd verbrannt.

Der Hund, weint er, hat wie besessen
Mein Spielzeugauto aufgefressen.
Jetzt liegt er da, als wär er tot,
In allergrößter Atemnot.
Es geht wohl nur noch um Minuten,
Die Eltern müssen sich da sputen,
Den Kindern gilt es noch zu sagen,
Dass sie sich unbedingt vertragen:
Nicht dass der Nachbar euch noch hört,
Er fühlt sich doch so leicht gestört.

Das Mädchen schluchzt, der arme Hund
Mit einem Auto tief im Schlund,
Der Junge mimt den Kavalier:
Jetzt heul halt nicht, ich bin ja hier!
Gibt ihr die Hand, und statt zu streiten,
Geh'n sie das Christfest vorbereiten.

Zuerst der Baum, doch sie sind klein,
Die Spitze könnte tiefer sein.
Ein Vorschlag weht bald quer durchs Haus:
Wir machen halt zwei Bäume draus.
Mit Papas Säge wird's gemacht,
Es war getan, fast eh gedacht!

Dann kommt die Gans ins Ofenrohr,
Ein feiner Duft steigt rasch empor,
Doch bald darauf, was ist das bloß?
Geht laut der Brandschutzmelder los.
Im Ofen schon ein roter Schimmer,
Die Gans muss schnell ins Badezimmer.
Sie landet in der vollen Wanne
Und mit ihr die verrußte Pfanne.

Dann, während sie noch überlegen
Und sich vor Schreck kaum mehr bewegen,
Klopft es energisch an die Tür.
Von draußen ruft's: Schnell öffnet mir!
Der Nachbar, der sonst immer droht,
Ist jetzt ihr Retter in der Not.

Behutsam führt er sie durchs Haus
Und macht die Brandschutzmelder aus.

Zu guter Letzt ist's wieder still.
Die Gans fliegt hochkant auf den Müll
Die Kinder flüstern im Duett
Der Nachbar ist erstaunlich nett
Es kam von ihm kein böses Wort.
Und dennoch war er plötzlich fort.

Endlich die Eltern mit dem Hund,
Der bellt ganz fröhlich, ist gesund.
Der Arzt zog angesichts des Falls
Den Wagen einfach aus dem Hals.
Doch jetzt wird's sicher Ärger geben,
Die Gans verlor umsonst ihr Leben.
Sie liegt verschmort im Biomüll,
Weil sie so keiner essen will.
Der schöne Baum ist auch entzwei.
Da meint die Mutter: Einerlei,
Euch beiden ist ja nichts geschehen.
Wir werden jetzt zum Nachbar gehen.

Der Rest vom Baum wird angehoben
Und zu des Mannes Tür geschoben.
Der freut sich ehrlich: Kommt herein,
Darf's denn ein Nudelsüppchen sein?
Und nie hat je zur Heiligen Nacht
Ein Essen so viel Spaß gemacht.
Dann sangen sie am halben Baum.

Nur einer fehlt, man glaubt es kaum,
Der Hund – er hat die Gans gerochen,
Doch Vorsicht mit den Vogelknochen!

Nur da hat wohl ein guter Stern
Die kleine Runde viel zu gern.
Er hat in dieser Weihnachtsnacht
Viel Glück in beider Haus gebracht.

EIN STERN FÜR SCHOPENHAUER

Arthur Schopenhauer zeigte äußerst schlechte Laune, um nicht zu sagen, er war ungehalten. Der bevorstehende Weihnachtsabend würde Unruhe in seinen Tagesablauf bringen, und solches vertrugen weder sein Magen noch sein Gemüt. Zwar konnte er das Mittagsmahl noch im Gasthaus nahe seiner Wohnstätte einnehmen, wurde dort auch mit seiner Leibspeise versorgt, doch die fiebrige Geschäftigkeit der Wirtsleute waberte bereits irritierend durch den ganzen Raum. Selbst die Kinder der Wirtin waren so dreist, am Rockzipfel der Mutter zu hängen, als handele es sich bei ihm um ein Perpendikel, das die Zeit umso schneller vorantreiben würde, je heftiger man daran zog. Unwirsch warf er die Serviette auf den Tisch und herrschte seinen Pudel Atman an, er solle seine müden Beine in Bewegung setzen. Wie an jedem Tag nahmen die beiden den Weg am Main entlang, der aufgrund milder Temperaturen noch immer keine Anstalten machte, zuzufrieren. Dieser Umstand verschlechterte seine Stimmung weiter, denn zu den wenigen Vergnügungen, die er sich im Winter leistete, gehörte das Verweilen am Ufer, um den Schlittschuhläufern zuzuschauen. Mancher Aphorismus war ihm dabei eingefallen, leichte, helle Geistesübungen, die Amplituden gleich, gutmütig in einer Welle von ausbleibenden Worten ausklangen. Doch heute und wegen seines stampfenden Schritts mochte ihm nicht einmal Goethes Farbenlehre in den Sinn kommen, die ihm ansonsten hohe Freude bescherte.

Auch waren zu viele Leute auf den Wegen. Eine Gouvernante aus dem Hause seines Nachbarn kam, unmelodisch ein Weihnachtslied vor sich hin trällernd, mit breiter Kinderchaise direkt auf ihn zu. Immerhin grüßte sie angemessen und ließ ihn mitsamt Atman gebührend Platz, um vorüberzugehen. All die anderen Spaziergänger kannte er nicht. Kaufleute waren sicher nicht darunter. Sie hatten im Kontor zu arbeiten, jetzt am Ende des Jahres mussten die Bilanzen erstellt werden. Und ehrbare Bürger anderer Stände trollten sich ebenso wenig auf den Wegen herum, so kurz vor dem Feiertag. Sicher war der ein oder andere Bonvivant darunter, der sich tänzelnd zur Erbtante begab, um für die Abendsoiree genügend Barmittel zur Hand zu haben. Oh Volk! Schopenhauer rief es verzweifelt in sich hinein. Dass ihm ohne Ausnahme jeder der Entgegenkommenden ein »Frohes Weihnachten« aufdrängte, trug auch nicht dazu bei, seine Stimmung aufzuhellen. Der zweistündige Spaziergang, den er an keinem Tag des Jahres ausließ, war entsprechend mühselig, er strebte, genau wie sein Pudel, zurück in die Wohnung, deren Adresse so klangvoll »An der schönen Aussicht« lautete und die seit Jahren sein Zuhause war. Kaum, dass er durch die Tür trat, nahm die Haushälterin seine Pelerine und den Hut entgegen und teilte mit, der Tee sei angerichtet. Was sonst! Diese Person wusste doch seit Jahren, dass dieses Getränk nach jedem seiner Spaziergänge bereitstehen musste. Atman verschwand in seinem Korb am Kamin, wogegen sich Schopenhauer, nachdem er mehrmals scharfzüngig Geschmack und Temperatur des Tees kritisiert hatte, seiner jüngsten Schrift »Eristische Dialektik« widmete. Brummig überlegte er, ob er seinen achtunddreißig rhetorischen Kunstgriffen »Aus Streitgesprächen als Sieger hervorzugehen« im Vorwort den Dialog: »Warum Weihnachten abgeschafft werden sollte?« hinzufügen könnte, war sich aber des blasphemischen Gedankens bewusst und entschied, sich nicht länger damit zu befassen. Stattdessen wollte er das Fest ignorieren. Er las sich in seinem Text fest, feilte daran, versuchte neue, bleibende Gedanken zu schaffen, immer darauf hoffend, dass sich der alte Hegel darüber im Grab umdrehen würde.

Längst war die Dunkelheit über den Tag gekommen, als er endlich seinen Rücken straffte und das Schreibzeug in die Lade legte. Zwischendurch hatte die Haushälterin einen Gedankengang unterbrochen und die Lichter gebracht. Zweimal hatte er sie dazu auffordern müssen. Überhaupt war die Person heute überaus fahrig gewesen. Den ganzen Nachmittag war sie von Fenster zu Fenster gelaufen – er hatte ihr Getrappel gehört und sich das lautstark verboten –, hatte Schranktüren auf- und zugeschlagen, viel öfter als an anderen Tagen. Hätte er sich nicht schon seit Jahren an sie gewöhnt, er hätte sich noch heute Abend nach einer neuen Kraft umgesehen. Neugierig war sie, wie die Katze des Müllermeisters von nebenan. Auch die hatte nicht nur einmal die Flinkheit seines Pudels geprüft, dabei aber immer den Kürzeren gezogen. Außerdem hatte er die Frau einmal beim Lesen eines seiner Bücher erwischt. Vom Verleger George Westermann war ihm in der Erstausgabe die »Kleine lateinische Sprachlehre« von Ferdinand Schultz zugesandt worden. Geradezu empört war er darüber gewesen, erinnerte er sich, und hatte es den Absender auch wissen lassen. Ihm ein Schulbuch! Es war bei den Postsachen gesteckt, um bei nächster Gelegenheit zurückgesandt zu werden. Nun, die Haushälterin hatte offenbar Gefallen daran gefunden, denn sie bemerkte sein Eintreten ins Zimmer nicht. Mit hochrotem Kopf, immer wieder versichernd, dass sie solchen Unfug künftig unterlassen werde, war sie nach seiner heftigen Rüge aus dem Zimmer gestürmt. So weit würde es noch kommen: eine Haushälterin, die sich in der lateinischen Sprache übt.

Die Uhr in der Ecke schlug die 20. Stunde. Es war Zeit für sein Abendmahl, das aus Schwarzbrot, aufgeschnittenem, kaltem Rinderbraten, einer Essiggurke und einer Karaffe guten roten Weins bestand. Als Dessert gab es, wie an jedem Abend, einen Pudding mit eingelegten Zwetschgen.

Noch bevor er auf seinem angestammten Stuhl Platz genommen hatte, bemerkte er die Veränderung. Gewiss, die Speisen stimmten ausnahmslos mit seinen Vorgaben überein, aber auf einer grünen Serviette lag neben Früchtebrotscheiben, eingebettet in einen Tannenzweig, ein kleiner, kunstvoll gefertigter Strohstern. Schopenhauer blieb wie erstarrt stehen. Ihm war, als habe sich auf dem Eichentisch – ein Erbstück seiner Großeltern – der Erzfeind breitgemacht. Bevor er reagieren konnte, sprach ihn die Haushälterin mit geneigtem Kopf an. Ihre kleine Tochter Valerie habe sich erlaubt, dem Herrn Professor Schopenhauer zur Weihnacht einen Stern zu schenken. Er möge ihr verzeihen, aber das Kind habe sich nicht davon abbringen lassen. Und ob sie jetzt bitte zu ihrer Familie dürfe, eine Stunde eher als sonst. Sprachs und zog sich, seine Erlaubnis nicht abwartend, zurück.

Schopenhauer aß wie immer langsam und heftig kauend. Er hatte dabei die grüne Serviette mit dem weihnachtlichen Arrangement ständig im Blick. Der Braten war vorzüglich, rosig und saftig, das Brot frisch, die Gurke von fein saurer und fester Konsistenz, und auch am Pudding sowie den Zwetschgen hatte es nichts auszusetzen gegeben. Dennoch stand er nicht auf, um wie an allen anderen Abenden in die Bibliothek zu gehen. Sich nach allen Seiten vergewissernd, dass er allein im Zimmer war, brach er ein kleines, ein sehr kleines Stück vom Früchtebrot ab und steckte es geschwind in den Mund. Weitere Stücke folgten, immer schneller ging das vonstatten, und nicht lange und er hatte die ganze Köstlichkeit aufgegessen. Noch nicht einmal seinen Roten trank er dazu, diesen Geschmack galt es so lang als möglich festzuhalten.

Die Tischkerzen waren fast niedergebrannt, als Schopenhauer nach dem Tannenzweig mit Strohstern griff. Er nahm ihn wie eine Kostbarkeit in die Hand, ging zum Kamin, setzte sich in seinen Lehnstuhl, legte das Gebinde auf seinen Schoß und begann zu weinen. Weinte so heftig, wie er es seit seiner Kindheit nicht mehr getan hatte.

JACK, DER MEISTERDIEB

Nicht schon wieder! Wie an fast jedem Abend in diesen frühen Herbsttagen schepperten und knallten Fußbälle gegen den Zaun, der mein Grundstück vom Bolzplatz trennt. Das Gitter hatte die Stadt gemeinsam mit den Vertretern des Jugendzentrums errichtet, um die Anzahl der Bälle, die in meinen Garten flogen, ebenso zu reduzieren wie meine Anrufe beim Bürgermeister. Beides half nicht wirklich viel. Immer wieder das Rascheln, wenn auf der Suche nach dem Spielgerät Zweige zur Seite geschoben wurden, und immer wieder Fußspuren in meinen Blumenbeeten neben den geköpften bunten Blüten. Die Durchwahlnummer zum Bürgermeister kannte ich längst auswendig.

Doch diesmal war es anders. Kein Gejohle wie sonst, wenn einer ausgewählt worden war, den Ball zu holen, kein Streit und kein Geschrei. Es hatte geknallt und gescheppert, dann war es verdächtig still geblieben. Ich wusch gerade Tomaten, Kräuter und Salatblätter für das Abendessen – die schmale Ernte meines Gemüsebeetes, das zum Glück außerhalb der Schussrichtung lag und mir so unversehrte Erträge schenkte. Irritiert von der plötzlichen Stille unterbrach ich meine Arbeit und öffnete das Fenster. Niemand war zu entdecken, keiner suchte zwischen den Büschen oder am Zaun, kein Rascheln war zu hören. Ich ging zur Terrassentür und blickte auf ein grauweißes Bündel, das unbeweglich und still vor mir auf dem Steinboden lag.

Ich holte eine Taschenlampe, weil die Außenbeleuchtung längst zielgenau abgeschossen worden war, und erkannte im diffusen Lichtstrahl ein zusammengekauertes Tier, ein Hund vielleicht, oder eine Katze, ein Hase, womöglich ein Fuchs. Sie alle hatte ich schon in meinem Garten beobachten können, denn am Ende der Siedlung stand eine dunkle Wand aus Tannen- und Laubbäumen, wo die Wildtiere ihre Heimat fanden.

Das nachtgraue Bündel stellte sich als Kater heraus, der auf den Namen Jack hörte. So stand es auf dem roten Band, das er um den Hals trug. Ansonsten wies nichts auf einen Besitzer hin. Woher das Gepolter gekommen war, hat sich mir bis heute nicht erschlossen. Ich wollte auch nicht darüber nachdenken.

Ich hatte Jack ins Haus getragen, nach Verletzungen gesucht, aber außer einem etwas derangierten Ohr war nichts festzustellen. Allerdings war er mager und dehydriert. Um das zu diagnostizieren, brauchte es fürs Erste keinen Tierarzt. So dachte ich damals, als wäre es das Normalste, ein Tier, das auf der Terrasse liegt, mit ins Haus zu nehmen. Aber manche Dinge des Lebens sind so einfach, da gibt es keine zweite Lösung.

Ich legte den abgemagerten Kerl in der Küche auf die Holzbank vor dem Kachelofen. Er blieb ganz ruhig, ließ sich nach der oberflächlichen Untersuchung streicheln und schaute mich dabei mit einem trüben Blick an, der alles heißen konnte.

Außer einer Leberpastete, die als Vorrat diente, wenn mein Sohn zu Besuch kam, war nichts für Jack im Kühlschrank. Ich bestrich eine halbe Scheibe Brot damit, zerteilte sie in kleine Stücke und stellte sie vor ihn. Ich selbst aß meinen Salat und die andere Hälfte der Brotscheibe. Das war unsere erste gemeinsame Mahlzeit. Zwischendurch verdünnte ich für ihn Milch mit warmem Wasser. Er schlang nichts hinunter, ließ sich die Zeit, Milch und Brotstückchen zunächst mit seiner rosaroten Zungenspitze zu prüfen. Nach dem Mahl rollte er sich zusammen, und bald schon sah ich, wie sich sein Brustkorb hob und senkte. Jack schlief, und ich schaute ihm lange dabei zu. Ab und an schmatzte er leicht oder schnurrte, doch alles geschah im Tiefschlaf auf der Ofenbank mit einer erstaunlichen Selbstverständlichkeit.

Die nächsten Tage verbrachte er im Haus und spähte jeden Winkel aus. Ich hatte ihm zwar die Haustür geöffnet, als er maunzend davorstand, doch er streckte nur die Nase hinaus und verzog sich schnell wieder nach drinnen. Es dauerte eine ganze Weile, bis er sich draußen umsah. Penibel kümmerte er sich nach seinen Ausflügen um die Körperpflege, und bald schon glänzte sein Fell, wie es sein sollte. Nach wenigen Wochen war er nicht nur rund, sondern auch schön wie eine ägyptische Tempelkatze. Das lag sicher auch an der guten Verpflegung.

Irgendwann im Spätherbst war Jack nicht mehr zu sehen. Ich rief nach ihm, doch er zeigte sich nicht. Erst nach Stunden kratzte es am Fenster. Ich öffnete die Tür, Jack flitzte an mir vorbei, und ich sah, dass er etwas im Maul hatte. Sofort schoss es mir durch den Kopf: eine Maus – und im schlimmsten Fall lebte sie noch! Bloß das nicht!

Doch es war keine Maus. Schlimmer! Jack hatte eine kleine Wollsocke für Säuglinge angeschleppt. Das Preisschild verwies auf unser örtliches Schuhgeschäft, dessen Inhaberin an regenfreien Tagen stets einen Ständer mit einzelnen Schuhmodellen und einen Korb mit handgestrickten Socken vor die Tür stellte. Offenbar war das eine wirkungsvolle Werbung, denn auch Jack hatte sich daran bedient; im besten Fall, hoffte ich, war das Söckchen herausgefallen, oder jemand hatte die Socke unterwegs verloren und Jacks Jagdinstinkt ihn dazu veranlasst, die Beute zu mir ins Haus zu schleppen.

Da sich die Socke naturgemäß nicht mehr bewegte, als er sie in der Küche abgelegt hatte, verlor er das Interesse. Ich nahm sie an mich und beschloss, am nächsten Tag zum Schuhgeschäft zu gehen und die Angelegenheit zu regeln. Damit war Jacks Abenteuerausflug für mich erledigt. Aber schon am späten Nachmittag zog er wieder los. Im Nachhinein denke ich, er hätte gleich mit einem Rucksack aus dem Haus gehen sollen, das wäre einfacher für ihn gewesen, denn Jack entpuppte sich als wahrer Einkäufer. Oder als Ladendieb, je nachdem, wie man es sehen will. Mit schlafwandlerischer Sicherheit zog es ihn zu der nahe gelegenen Ladenstraße unserer Stadt. Wie beim Schuhladen wurden auch von den Boutique-Besitzern Waren vor die Tür gestellt: Kleider, T-Shirts, Tops, Hüte und Schals, Halsketten und Schirme, die Konzertagentur zeigte sich mit Prospekten, der Apotheker mit Hustenbonbons, das Optikergeschäft mit Brillenfassungen, der Friseur mit Perücken. Ein buntes und umfangreiches Sammelsurium zierte die Gasse und lud zum Bummeln ein. Auch Jack fühlte sich offensichtlich magisch davon angezogen und bediente sich – bezahlte aber nie. Täglich erwartete ich mit Bangen Jacks Rückkehr, um dann mit hochrotem Kopf die angeschleppten Gegenstände zurückzubringen oder im Verlustfall zu bezahlen. Einzig die amüsierten Reaktionen der Geschäftsleute versöhnten mich manchmal. Denn Jack war inzwischen bekannt wie eine bunte Katze.

Schon die Kinder riefen: »Da kommt Jack, der Meisterdieb!« Er liebte ausgesuchte Stücke, Waren, die sich gut in seinem Maul transportieren ließen.

Manches Mal verlor er unterwegs das Interesse an seinen Eroberungen, meistens jedoch brachte er seine Beute total verschmutzt, aber heil in sein jetziges Zuhause.

Der nahende Winter und die einsetzende Regenzeit halfen, das Problem zu entschärfen. Keine Waren vor der Tür, kein Jack, der sich bediente. So einfach war das. Er blieb im Haus, schlief auf der Ofenbank, vertilgte sein Leberpasteten-Brot. Seine Ausflüge begrenzten sich darauf, vor die Haustür zu gehen und wütend auf den Regen zu starren.

Die Adventszeit begann, und pünktlich mit ihr kam der erste Schnee. Zu meiner großen Überraschung liebte Jack dieses weiße Nass. Er wälzte sich darin wie ein Hund, hüpfte im frischen Schnee wie ein Fuchs auf der Jagd nach Mäusen. Ich sah ihm vom Fenster aus zu und freute mich daran. Wenn er zurückkam, trocknete ich sein nasses Fell und versorgte ihn mit einem warmen Milch-Wasser-Gemisch.

Mit meiner Freude war es jedoch kurz nach dem zweiten Advent vorbei. Jack war wieder im erweiterten Radius unterwegs, und es kam, wie es kommen musste. Er brachte Christbaumkugeln, Strohsterne, Styropor-Engelchen, Hagebuttensträuße, einzelne Lametta-Fäden, Wachskerzen, kleine Baumanhänger wie Holzschlitten, Nikolausstiefel, vergoldete Walnüsse, Glitzersterne, aber auch eine LED-Lichterkette samt Trafo. Er brachte eine Christbaumspitze, Krippenfiguren samt Ochs und Esel, Maria mit dem Jesuskind, Josef, Kaspar, Melchior und Balthasar. Und den Morgenstern.

Jack, der Meisterdieb, hatte sich in der gesamten Nachbarschaft bedient.

Selbstverständlich war ich zerknirscht, denn es war unmöglich, das Diebesgut den Besitzern zuzuordnen. Also reinigte und trocknete ich die weihnachtlichen Utensilien, sammelte sie in einem Korb, ohne zu ahnen, was damit geschehen würde. Jack einzusperren brachte ich nicht übers Herz. Er weinte und jammerte derart kläglich, wenn ich ihm die Tür nicht öffnete, dass ich fast mit ihm heulte.

Die Weihnachtswoche begann.

Als ich am Fenster zum Garten stand und meine Weißtanne betrachtete, fiel mir der gut gefüllte Korb mit Jacks Beutestücken ein, der in der Waschküche aufbewahrt wurde. Da kam mir eine Idee, die ich rasch in die Tat umsetzte.

Ich schrieb Einladungen an sämtliche Nachbarn unserer Siedlung. Für den Tag vor Heiligabend lud ich sie nachmittags in meinen Garten zu Glühwein und alkoholfreiem Punsch, heißen Maronen und Christstollen ein. Außerdem versprach ich ihnen eine Überraschung. Die Vorbereitung nahm einige Zeit in Anspruch. Während Jack eifrig weiteren Weihnachtsbaumschmuck heranschleppte, buk ich und bereitete das Feuer für die Maronen vor – und ich schmückte die Weißtanne im Garten. Jedes Stück fand seinen Platz. Für die Krippe hatte ich Tannenzweige am Boden ausgebreitet. Die Lichterkette schließlich rundete das festliche Kleid der Tanne ab.

Schon vor der verabredeten Zeit kamen die ersten Besucher. Jack interessierte sich nicht dafür. Er war unterwegs.

Ich sah, wie er auf dem Fußballplatz herumstromerte, und war erleichtert, dass er sich nicht wieder auf den Terrassen der Nachbarschaft herumtrieb.

Die meisten, die ich eingeladen hatte, waren schon vor der Zeit da, brachten eigene weihnachtliche Köstlichkeiten mit, und bald bog sich mein Gartentisch unter der feinen Last. Mein Gesicht glühte vor Hitze, die das Maroni-Feuer verströmte, aber auch vor Freude über das gelungene vorweihnachtliche Treffen. Ein lustiges Durcheinander, das für mich nie enden sollte. Aber da war ja noch die Überraschung …

»Ich bitte«, sagte ich, »um einige Minuten Ihrer Aufmerksamkeit.« Dabei deutete ich auf meine Weißtanne. »Jack, der hier wohnende Kater, ist ein Dieb«, begann ich. »Das habe ich nicht gewusst, als er bei mir einzog. Aber nun ist er eben da, und ich muss mit seinen Unarten leben.« Auf meine Worte folgte lautes Gelächter, alle kannten Jack, den Meisterdieb. »Er hat«, fuhr ich fort, »in den vergangenen Wochen Weihnachtsschmuck angeschleppt. Ich entschuldige mich in aller Form und will und kann ihn nicht behalten, weshalb ich Sie darum bitte, Ihre jeweiligen Kostbarkeiten am Ende der Feier wieder mit nach Hause zu nehmen und mir nicht allzu gram zu sein.« Nach einem Moment der Stille ertönte wieder lautes Gelächter. *Aber nein, das ist zu lustig …* So und so ähnlich waren die Kommentare. Der Baum bleibe, wie er sei, und wenn bei der Weihnachtsausstattung etwas unbedingt fehle, wüsste man ja jetzt, wo es zu finden sei. Ich errötete – soweit das überhaupt möglich war – noch mehr und bedankte mich nach allen Seiten.

In diesem Augenblick schepperte und krachte es. Einmal, zweimal, dann lautes Gejohle, und schon flog etwas durch die vorabendliche Dämmerung, Teller gingen zu Bruch, und noch ehe jemand reagieren konnte, erkannte ich den Ball. Er war hoch über den Zaun geflogen, auf der festlichen Tafel gelandet, machte noch einen Hüpfer und kam auf dem glühenden Maroni-Grill zum Stillstand. Mit einem jämmerlichen Geräusch pfiff alles Leben aus ihm heraus. Fast gleichzeitig standen sieben Jungs vor dem Gartentor und starrten perplex auf meine Gäste und den Grill. Einer der Nachbarn reagierte als Erster. »Herein mit euch Rabauken«, rief er den Burschen zu, die daraufhin verlegen in meinen Garten schlichen. Während ich den kokelnden Ball vom Grill nahm, hatte der Nachbar bereits mit einer flammenden Rede begonnen. Die Begriffe *Rücksicht* und *Sportsgeist* fielen, und schließlich sollten sie mir in die Hand versprechen, künftig weniger Lärm zu machen und meinen Garten zu schonen. Die Blicke aller Anwesenden waren auf die Jungs gerichtet, und jeder konnte sehen, wie unwohl sie sich fühlten und mit einem Nicken davonmachen wollten. Aber ich hatte meine Fassung wiedergewonnen und lud den unerwarteten Besuch zu einer Runde Maronen und einem alkoholfreien Punsch ein. Mein Garten platzte spätestens jetzt aus allen Nähten.

Es war schon fast achtzehn Uhr, als sich die letzten Gäste verabschiedeten. Mir blieb noch, die größte Unordnung zu beseitigen und den Grill zu sichern. Jack kam, und während ich ihn fragte, ob er mir zur Hand gehen wolle, bemerkte ich einen größeren Gegenstand in seinem Maul. »Jack!«, sagte ich vorwurfsvoll und konnte doch ein lautes Lachen nicht zurückhalten, als sich seine jüngste Trophäe als Torwart-Handschuh erwies.

Am späten Abend saßen Jack und ich zusammen. Er mit

einem bestrichenen halben Leberpasteten-Brot, ich mit einem wunderbaren Christstollen. Ich wollte die Gelegenheit nutzen, ihm ins Gewissen zu reden, ihm von dem Aufwand erzählen, den ich durch seine Diebeszüge zu leisten hätte. Aber er war schon zu mir gekommen, hatte seinen Kopf an mein Gesicht gedrückt und sich mit seinem ganzen Körper an mich geschmiegt. Dabei roch er nach Pastete und Milch.

Aber ganz gewiss nicht nach schlechtem Gewissen.

WUNDERBARE WEIHNACHT

Zinngrauer Himmel, und das schon seit Wochen
Die Kälte kam merklich herangekrochen
Die farbigen Blätter, mit dem Wind weggeflogen
Und die Vögel – längst in den Süden gezogen.

Alles scheint stumm, die Sonne so weit,
Käme jetzt nicht die Weihnachtszeit,
Und zuvor der Advent mit seinen Kerzen,
Fehlte der Zauber in unseren Herzen.

So war es immer, so sollte es bleiben,
Und doch wird es anders, auch für die beiden.
Das Paar in den Jahren, nicht mehr jung, noch nicht alt,
Ihr Leben in feinen Farben gemalt.

Doch nun sind die Kinder zum Studium fort,
An Stätten – sie kennen kaum den Ort –
Zur Weihnacht kommen sie nicht nach Haus,
So war's zu befürchten – über Jahre hinaus.

Das Paar fragt sich leise, was wird mit uns sein,
Wir sind zum Fest nun erstmals allein.
Sollen wir es denn überhaupt begehen
Oder lassen wir es einfach geschehen?

Die Plätzchen, sonst immer strengstens bewacht,
Verschwinden nun nicht mehr so über Nacht.

Kein Chaos herrscht in all den Schränken
Auf verbotener Suche nach den Geschenken.
Kein Basteln mehr von Weihnachtssternen,
Den Klebstoff nicht vom Tisch entfernen,
Kein Streit um Schere oder Glimmer,
Verwaist sind nun die Kinderzimmer.
Was wird mit dem Baum, überlegten sie bald,
Sollen wir jetzt allein in den Wald?
Die Kinder durften ihn schmücken und kleiden,
Sie konnten sich oftmals gar nicht entscheiden.
Ohne ihr Lachen, ohne ihr Streiten,
Wer wird uns diesmal zur Weihnacht begleiten?

Sie schwiegen sich ratlos durch die Zeit,
Zu nichts imstande, zu nichts bereit.
Dann fiel der Schnee auf Dächer und Zäune,
Auf Felder und Wiesen und Tannenbäume.
Der Winter trug plötzlich ein helles Gesicht,
Und nahm der Stimmung ihr schweres Gewicht.

Alles ward leise, die Sonne war weit,
Doch mit Macht kam nun die Weihnachtszeit.
Und voraus der Advent mit all seinen Kerzen
Brachte den Zauber auch in ihre Herzen.

Die zwei lachten sich endlich mal wieder an,
Das hatten sie lange nicht mehr getan.
Sie holten die Winterkleider heraus,
Verließen gemeinsam die Wohnung, das Haus.

Entdeckten dabei ihre eigene Zeit,
Das Reden, das Trödeln. Gemächlichkeit.
So ganz ohne Pflicht und Geschenke besorgen,
Genossen sie leichthin den frostkalten Morgen.

Kauften am Markt ein Fichtengebinde
Mit weißem Moos auf dunkler Rinde,
Delikatessen und dann noch Wein.
Der durfte auch was Besonderes sein.

Zuhause nahmen sie sich dann sehr viel vor,
Gaben den Räumen ein Weihnachtsdekor.
Nichts war wie früher und doch war es schön,
Sie werden zu zweit nun das Fest neu begehen.
Konzerte besuchen. Bücher verschlingen,
Bedürftigen Geschenke bringen.
Die Christmette bei Nacht besuchen,
Vielleicht eine Fahrt in die Berge buchen.

Am Weihnachtsabend war's getan.
Sie zündeten die Kerzen an
Und spürten wohl in dieser Nacht
Sie hatten alles gut gemacht.

Noch immer fielen Flocken nieder,
Ganz leise klangen Weihnachtslieder.
Sie wiesen auf das Wunder hin,
Das Weihnachtsfest, ein Neubeginn.

DIE WEINLESE

Von den Staffeln nimmt Eberhard schon lange keine zwei mehr. Die eine um die andere Stufe ist mühsam genug. Er verschnauft. Schau mir die Landschaft an, sagt er dann zu sich, während der Puls ruhiger wird. Die Bäume und das Gras holen den Blutdruck herunter, und die Sonne auf dem Südwest-Hang wärmt jetzt, wo sie früher im Jahr brütend lastete. Noch diese Lese, dann wird er den Weinberg aufgeben.

Schon in den vergangenen Jahren hat er Stock um Stock gerodet. Er will zunächst den Vorrat aufbrauchen, sagt er, wenn einer fragt, der Keller quelle über von all den Fässern. Und früher hat er mehr Wein getrunken. Heute stellt er nach wenigen Schlucken das Glas zur Seite, schläft ein. Und wacht nicht mehr vom Flimmern der Mattscheibe auf, sondern vom Geschrei. In alten Filmen schreien sie immer.

In diesem Jahr ist fast alles getan. Er hat im Frühling die jungen Triebe festgebunden, Dünger um die Stöcke gelegt und über die Kerner-Traube Netze gespannt. Von den anderen Sorten sollten die Vögel auch etwas haben. Er mag es nicht, wenn geschossen wird. Auch die Rätsche mit dem hässlichen Klang hat er immer abgelehnt. Vögel sind keine Plage, es sind offene Gegner. Ein Handstreich, und sie fliegen fort. Wenn sie wiederkommen, ist es ihr gutes Recht. Rebläuse, Parasiten, Fäulniserreger, das sind die Feinde. Gegen die kommt kaum einer an. Außer jener kleine Mann, so behauptete der es jedenfalls irgendwann. Schon an vielen Nachmittagen war er dagestanden und hatte dem Weinbauern verstohlen zugesehen, ging weiter, wenn Eberhard den Blick erwiderte. An jenem Tag aber, als sie zum ersten Mal miteinander sprachen, wandte sich der Beobachter nicht gleich ab, um wie sonst eilig zu verschwinden, sondern blieb stehen. Wenn Eberhard das Gift über die Blätter stäubte, waren ihm Zuschauer ein Gräuel. Denn das Zeug war nicht ungefährlich, und sein Beobachter war in seinem Alter, also über die siebzig, damit anfälliger für alles, was von außen kam. Eberhard sah, dass der Fremde in den Taschen seiner Jacke kramte und ihm etwas entgegenhielt. Unwillig, er erinnerte sich noch genau, dass er sich gestört fühlte, nahm er seine Schutzhaube ab und trat an ihn heran, ihn, der sich mit einem leichten Nicken als Ali vorstellte. Eigentlich heiße er Nihan, aber das sei nichts, was sich einer merken könne, und das Wort Ali würden alle kennen. »40 Räuber«, sagte er noch. Ali hielt ihm ein weißliches Etwas entgegen, und im nächsten Moment streute er es bereits zwischen die Stöcke auf den Boden. Halva! Dann bot Ali ihm ein Stück an. »Halva«, sagte er, helfe immer. Ob gegen Läuse oder Heimweh. Er sagte *Leise*, wusste aber, wovon er sprach.

Der Wengerter schob die kleinen weißen Krümel mit seinem Schuh zur Seite, sagte nichts, nahm seine Arbeit wieder auf, und der Fremde ging, wie in ein Selbstgespräch vertieft.

Tage später suchte Ali erneut seinen Vorschlag zu unterbreiten, wurde aber unterbrochen. Ob der Herr Ali jetzt als Wanderweinlehrer Mayer daherkomme? Das habe Goethe schon versucht. Der als Minister den Mund spitzte und glaubte, den Weinbauern Vorschriften machen zu können. Ich sag nur:

Schuster bleib bei deinen Leisten! und du nimm dein weißes Zeug da und lass mich arbeiten!

Über Wochen war er in seinem Weinberg beschäftigt gewesen, von keinem gestört, von keinem unterbrochen. Weder die Nachbarn zur Rechten oder zur Linken verloren ein Wort zu viel. »Und?« Mehr nicht. »Gut, schon recht.« Die Antwort.

Und jetzt einer, der Vorträge hielt. Er war lieber allein. Geschwätzt werden kann am Abend, oder wenn die Arbeit getan ist.

Aber so lange hätte Ali auch nicht fortbleiben müssen, zumal Eberhard Hilfe brauchte. Die Trockenmauer, die sein Grundstück vom nächsten trennte, war teilweise in sich zusammengebrochen. Er wollte das Geröll wieder aufbauen, aber schon nach dem ersten schweren Brocken zuckte er zusammen. Ein stechender Schmerz aus der Bandscheibe, ein warnender aus dem rechten Knie zwangen ihn, die Arbeit einzustellen.

Kreuzdonnerwetter! Solche Steine hat er noch vor wenigen Jahren dutzendweise vom Steinbruch geholt. Unter jedem Arm zwei! Sein Sach' sollte man doch noch schaffen können! Er zog seine Jacke aus, setzte sich darauf und starrte auf die Mauer wie auf einen Feind. Zwei kleine Eidechsen rannten auf der Mauerkrone entlang, verharrten wenige Sekunden wie erstarrt. Dann krochen sie in eine Ritze und verschwanden. Auf der Oberleitung, die hinüber zu dem kleinen Weiher führte, sammelten sich schon die Zugvögel. Ein Geschnäbel und Gezwitscher, als würden sie sich die Länder aufzählen, die sie überqueren mussten, um an ihr Ziel im südlichen Afrika zu gelangen. Bei dem Gedanken, dass sie immer wieder neue Bezeichnungen und Namen lernen sollten, weil die Menschen die Grenzen veränderten, lächelte Eberhard: was bist du doch für ein Narr. Vögel denken nicht. Sie haben die Fähigkeit zur Orientierung in ihrem Programm, und das reicht. Warum gibt es so etwas nicht auch für uns? Warum kapiere ich nicht, dass ich diesen Stein nicht mehr heben kann?

Darauf hat ihn keiner vorbereitet.

Er riss einen Grashalm aus, wälzte ihn zwischen den Fingern. »Vielleicht habe ich mich immer nur um das Große gekümmert, und jetzt zwingt mich jemand, das Kleine zu sehen.«

Eberhard wandte sich von der Mauer ab, suchte am gegenüberliegenden Hang die Schlüsselburg. Einen Blick und er hat sie. Als Kind dachte er, hier gibt es die Schlüsselblumen, hier ist der Name. Natürlich hatte sie einen oder mehrere oder viele Kämpfe hinter sich, bis sie ihren Ruf bekam. Nicht ein Stein liegt mehr auf dem anderen. Auch hier war es, sein Lehrer in der vierten Klasse hätte es besser gewusst, ein Konrad oder ein Ulrich oder beide, die sich um eine Agnes oder Adelheid prügelten – oder, was wahrscheinlicher war, um ein Lehen. Jedenfalls ist es jetzt friedlich dort. Vor Jahren gab es das Gerücht, dass sie sich Rechtsradikale zum Treffpunkt ausgesucht hätten oder Kiffer, aber dann wurde es still oder man schwieg einfach. Jetzt ist sie nur Gegend und ein Anblick, der erfreut. Hohe, geschwätzige Bäume, Gefälle, das einen munter macht. Wenn der Blick die Kläranlage meidet, die weit außerhalb der Stadt – meine Güte, man braucht sie halt – in die Talsohle zwischen die Weinberge gelegt worden war, ist es fast wie im Paradies. Wie im Garten Eden.

Ich werde am Abend weiter darüber nachdenken, sagt er sich. Und auf Ali warten, um die Steine zu heben.

»Halva ist gut gegen Leise. Und, ich bin Christ. Bin zum Amt gerannt und habe gesagt: Ich kenne die Bibel. Gelobt sei Jesus Christus auf Ewigkeit und amen. Jeden Tag, bis man mir glaubte und ich hierbleiben durfte.«

Ali stand wieder da.

»Woher kommst du, Ali, Nihan«, hat er ihn gefragt.

»Denk einfach, aus der Türkei. Was weißt du schon von uns«, sagte Ali und wandte sich wieder den Reben zu.

»Thrakien«, sagt Ali dann doch. »Auch wenn ich keinen Wein trinken darf, verstehe ich etwas davon.«

»Was heißt, du darfst keinen Wein trinken?« Fast herrscht Eberhard ihn an. »Welche Religion oder Regierung taugt was, wenn sie das verbietet. Wein ist Wein. Und Mensch ist Mensch. Egal ob Türke oder Schwabe. Wer keinen Wein erlaubt, taugt nicht zum Regieren. Geh nach Hause.«

»Die Frau ist nicht gesund. Im Kopf. Verstehst du? Nein, wie auch. Ein Weinbauer schneidet, bindet, pflegt Reben. Köpfe haben nichts damit zu tun. Aber die Frau ist der Kopf der Familie, sagt man bei uns. Wenn sie krank ist, stimmt nichts mehr.«

»Streust du deshalb dieses Zeugs auf den Boden?«, fragt der Wengerter.

»Nein! Natürlich nicht! Halva ist immer gut. Auch gegen Leise.«

»Wohin schaust du«, wollte Ali wissen, und zeigte auf den steilen Hügel.

»Auf die Schlüsselburg. Aber sie gibt es nicht mehr. Nur noch Bäume darauf und den Namen.«

»Wie bei mir.« Ali senkte den Kopf dabei.

Seine Gedanken an die Heimat seien auch nur noch Bäume und Namen. Alles andere gebe es nicht mehr. Kein Stein auf dem anderen.

»Werde mir jetzt bloß nicht politisch.« Der Wengerter ging zum Brunnen, um frisches Wasser zu holen. Er nahm zwei Becher.

»Danke.«

»Sagolun.«

Ali trank, stellte das leere Gefäß zurück auf den Brunnenrand. Er hielt eine Hand auf dem Rücken, ließ sie dort liegen, bis zum Weg hinauf.

»Ade.«

»Alasmarladik.«

»Ja, ade.«

Eberhard blieb noch sitzen. Früher nannten ihn die Freunde Ebse, aber die das sagten, liegen längst auf dem Friedhof. Heute sagen die meisten Herr Nachbar zu ihm oder Herr Stadtrat. Lange schaute er hinter Ali her, sah, wie dieser einen Apfel von der Wiese aufhob, ihn in der Hand drehte und dann mit dem Ärmel seiner Jacke abwischte. Schließlich legte er ihn doch wieder auf den Boden. Langsam verschwand er hinter der nächsten Biegung.

Für diesen Tag hat Eberhard genug geschafft. Bald würde die Weinlese beginnen, das Herbsten. Helfer gab es genug, dafür hat auch ein junger Freund gesorgt. Ihm wollte er seinen Wengert zur Nutzung anbieten, danach, aber es wird nichts daraus werden. Zu viel Arbeit. Vielleicht besser so. Nach der Lese werden die letzten Stöcke herausgerissen, das Häusle zugesperrt, und dann ist Schluss.

Der Hang gegenüber fällt steil in einen Mischwald ab, ein Stück Wildnis weiter unten, dort wo kaum ein Durchkommen ist, denn dichte Brombeerhecken schirmen die Bäume ab wie wilde Wächter. Irgendwann, sagt er sich, werde ich dorthin gehen, irgendwann werde ich mich um die Geschichte der Schlüsselburg kümmern. Bisher gab es immer so viel zu tun. Im Dezember der Rebschnitt. Bis sich sein Rücken und die Beine davon erholt haben, wird es Sommer. Da gibt es die Laubarbeiten. Triebe in die Drahtrahmen schieben, festbinden. Dann beim Sommerschnitt die Geiztriebe entfernen, und wenn sich die ersten Beeren färben, muss ausgeschnitten werden, um eine gute Qualität zu bekommen. Weniger ist mehr.

Ali kam wieder. »Ob der Herr Nachbar noch böse sei«?

Ebse, sein Name sei Ebse.

Ali trank Wasser, Ebse einen Buzbag, den Ali mitgebracht hatte und von ihm wort- und gestenreich zum besten türkischen Rotwein erklärt wurde. Wie soll er das einem glauben, der keinen Wein trinke, brummte Eberhard, doch dann nahm er einen Schluck, biss ihn, wälzte ihn im Mund, drückte den Wein mit der Zunge gegen den Gaumen und schluckte ihn schließlich. Die ganze Anerkennung eines schwäbischen Wengerters lag in seinen Augen, als er Ali ins Gesicht sah.

»Mmh. Ja. Recht so.«

»Trink auch ein Glas, Ali. Wein ist Medizin! In Maßen getrunken.«

»Ich weiß, bei euch im Schwabenland wurde früher Säufern ein Wein gegeben, in dem man zuvor einen Aal ertränkte, steht in der Bibel. Danke, Ebse, ich schaue dir lieber zu und freue mich am Wasser.«

»In der Bibel steht auch, dass die Anlage eines Weinberges die erste landwirtschaftliche Tätigkeit gewesen sei, die der Mensch nach der Sintflut aufnahm!

Also bleib du beim Koran und lass das mit der Bibel.«

»Wein gibt es in der Türkei länger, als die Bücher davon zu erzählen wissen. Denn es ist nicht gut, die Sonne umsonst scheinen zu lassen und den Boden nicht zu nutzen. Wir machen alles wie du: pflanzen, pflegen, schneiden, keltern, verkaufen.«

»Aber trinken nicht?«

»Nein!«

Sie saßen lange schweigend.

»Worüber bist du alt geworden, Ali?«

»Arbeit. Ich bin mit zwanzig hergekommen und ging gleich in die Fabrik. Hab immer gehustet vom Leim. Dann auf die Baustelle. Das war eine gute Arbeit. Gute Luft. Am Sonntag bin ich mit meiner Frau durch die Straßen gegangen und hab zu ihr gesagt: Schau, dieses Haus, da ist viel Eisen von mir gebunden. Und dort die Treppe und da die Mauer: gerade wie der Rücken eines aufrechten Mannes. Ich wollte immer ein Haus für meine Frau und die Kinder bauen, die sie mir schenken würde. Aber es sollte nicht sein. Und du, Ebse?«

»Immer geschafft. Ein Haus gebaut. Urlaub im Garten, in unserem Stückle und im Wengert. Nach dem Tod meiner Frau hab ich den Garten verpachtet. Es ist niemand mehr da, der das Obst einmacht. Nur den Weinberg habe ich behalten. Aber nur noch dieses Jahr, dann ist Schluss.«

»Es ist so schön hier«, sagt Ali. »So reich. Du bist reich, Ebse.«

Das hört ein Schwabe nicht gern.

Aber Ali spricht weiter. »Im Frühsommer blüht der Mohn. Die Rebe liebt den Mohn und die Ulme.«

»Und jetzt ist es Zeit, nach Hause zu gehen«, sagt Eberhard, »es wird schon dunkel. Kommst du morgen?«

»Wenn du möchtest, Ebse, dann komme ich. Wann?«

»Halt am Nachmittag. Ich bin vorher auf dem Friedhof.«

»Weiß ich doch«, sagt Ali, »da sehe ich dich oft. Deine Frau hat ein schönes Grab, einen hellen, leichten Stein. Ich mag es nicht, wenn dicke Felsbrocken darauf liegen. Da werde ich traurig. Als hätte die Familie Angst, der Tote könnte wiederkommen. Ich mag auch keine hohen Steine oder Säulen, da ist ein schlechtes Gewissen darunter. Ay und Yildiz sollen über Dich wachen.«

»Dir auch gute Nacht.«

Es ist anderntags und die Arbeiten vor der Lese sind Programm. Die schlechte Laune von Eberhard ist der Inhalt.

»Zu viel Fäule. Die Rebe spürt den Abschied«, sagt Ali.

»Alasmarladik.«

»Bis bald.«

»Ja, was heißt das? Bist du morgen nicht bei der Lese dabei?«

»Nein, morgen sind viele da, ich werde danach zu dir kommen.«

Acht Ar bringen 160 Liter Wein. Ebse hat vierzig Ar, das sind 800 Liter. Wie soll er das trinken, wo doch Ali keinen Tropfen anrührt.

Am Morgen der Lese ist Eberhard schon beim Frühnebel auf den Beinen. Er will diesen Tag nehmen wie jeden anderen, jeden seiner Helfer bitten, kein Wort darüber zu verlieren, dass es die letzten Trauben sind, die er ernten wird. Dieser Gedanke macht ihn heiterer, löst den Kloß im Hals.

Die Rebscheren liegen geölt und gereinigt da, er stellt Eimer und Bütten bereit, die großen grünen Wannen hat sein junger Freund schon am Abend gebracht. Er wird auch die vollen, die mit Trauben gefüllten, mitnehmen, um sie zu entstielen, zu pressen und abzufüllen.

Nach und nach kommen die Helfer. Von überall her. Manche sind mit dem Fahrrad da, einige sitzen auf den Laderampen der Traktoren, andere haben den Fußmarsch bis zum Weinberg gemacht und schwitzen schon, ehe auch nur eine Rebe geschnitten ist. Eberhard ist beliebt im Ort, da kommt, wer Zeit hat, viele ungebeten. Die geübten – und das sind die meisten – teilen sich selbst die Reihen zu, die anderen werden erst noch angeleitet. Das geht schnell. Abschneiden unter dem Trieb, die faulen Beeren entfernen und dann ab damit in den Eimer. Die Kerner-Traube ist groß und fest, sie platzt fast vor Fülle und Süße, wenn eine Hand zu fest greift. Es wird ein guter Jahrgang, da sind sich alle sicher. Wie in den Jahren zuvor scheint es zu sein, und doch fällt mit jeder Traube die Leichtigkeit. Je mehr abgeerntet ist, desto langsamer geht die Arbeit voran. Noch im dichtesten Blattwerk wird gesucht, keiner möchte als Erster sagen müssen: ich bin fertig. Bei der abschließenden Vesper – Schwarzbrot, Wurst, Käse, Wein, Bier und Sprudel – greifen alle kräftig zu. Kauen, nur nicht so viel reden, dann schnell nach Hause, noch ein Schulterklopfen oder nur ein Nicken, ein Händedruck, fast nebenbei.

Bis zuletzt hatte Eberhard gehofft, Ali würde doch kommen.

Sie sahen sich in der Bibliothek wieder. Hoch gelegen, in den Räumen des einstigen Spitals. Nichts atmet mehr den Geist des Leidens.

»Was suchst du hier, Ali?« Eberhard sah ihn ratlos an, ein Buch über Thrakien in der Hand.

»Wer einen Freund findet, findet einen Schatz, steht in der Bibel«, antwortete Ali.

»Benim Arkadas, gehen wir zur Schlüsselburg.«

Zwischen engen Häuserzeilen, hier habe er mitgebaut, und dort und auch bei dem Fachwerkhaus, durch das Tor der Stadtmauer, rechts entlang der Efeu bewachsenen Mauer, hin zu den offenen Feldern, die längst abgeerntet waren, ging es sich fast wie von allein zum steilen Hügel, auf dem die Schlüsselburg stand, wohin ein Konrad aus der fränkischen Schweiz die Reichsturmfahne in seine neue Herrschaft brachte, so dass fortan die Schwaben seine Träger waren.

Fast sechshundert Jahre war das her und längst vergessen und begraben.

Die beiden Männer hatten ihre Jacken ausgezogen, ihnen war auf dem Weg warm geworden, und die Sonne an diesem

Oktobertag schien, als habe sie nie etwas anderes getan. Eberhards abgeernteter Weinberg lag gegenüber. Sie fanden einen Platz, von dem aus er betrachtet und bestaunt werden konnte. Noch war grünes Laub um die wenigen Stöcke, bald würde es sich färben. Ein roter Milan kreiste darüber, Elstern schrien.

»Du hast losgelassen, Eberhard«, sagte Ali. »Wir erreichen jeden Lebensabschnitt als Neuling.«

Das Häusle stand wie eine Burg. Daneben waren die meisten Stöcke schon herausgerissen worden und lagerten in Bündeln an der Mauer. Nichts schien verändert. Er müsste nur, er sollte nur, er könnte nur, aber er wird nie wieder eine Rebe pflanzen. Keinen Riesling, keinen Kerner, keinen frühen Portugieser. Er muss lernen, die Sonne anders zu deuten, auch den Wind, den Hagel und den Sturm. Konrad war es nicht anders ergangen, mag sein, dass er auf dessen Knochen hockt. Aber er, Eberhard, lebt. Und Konrad ist tot, seit über sechshundert Jahren.

»Was ist, hast du was von dem süßen Zeug dabei?«, fragte er Ali. Der nickte und schmunzelte.

In den nebligen Tagen des Novembers zog es Eberhard weder zur Schlüsselburg noch in den Weinberg. Seine Angst vor einem Sturz im feuchten Gelände, seine Unlust, überhaupt etwas zu unternehmen, ließ die aufkeimende Freundschaft zwischen Ali und ihm ruhen. Er stand nur immer am Fenster und schaute den fallenden Blättern zu. Das Laub in seinem Garten musste zusammengekehrt werden, und doch konnte er keine Kraft mehr dafür aufbringen.

Und dann stand Ali an einem der grauen Vormittage an seinem Gartenzaun. Eberhard sah, wie er den Kopf schüttelte.

»Komm raus, Weinbauer«, forderte Ali ihn auf.

Gemeinsam rechten sie das Laub zusammen, kürzten die Hecke, und Ali fuhr das Schnittgut in einem Handkarren zum Häckselplatz. Wieder zurück, hatte Eberhard Tee aufgesetzt, den sie schweigend tranken.

»Was ist mit dir im Advent und an Weihnachten?«, begann Eberhard das Gespräch.

»Was soll damit sein?«, fragte Ali leise.

»Ja, bist du nun Christ und feierst oder nicht?«

Ali kramte umständlich in seiner Jackentasche, zog einen Stoffbeutel hervor und legte Halva vor sie beide auf den Tisch.

»Und ich hab schon gedacht, du hättest das vergessen!«

Während Eberhard danach griff, lehnte sich Ali zurück. Sein Blick wanderte zur Einrichtung des Zimmers, zum Fenster und schließlich zurück zu Eberhard.

»Ich habe mir viele Gedanken gemacht. Zur Religion und so. Das ist wie mit deinem Wein. Die Trauben stammen von verschiedenen Reben, aus unterschiedlichen Gärten und ungleichen Lagen. Aber am Schluss kommt alles doch wieder zusammen in ein Fass. So ist es auch mit uns Menschen, wenn wir sterben. Wir kommen in einen Himmel, und der liebe Gott, wie auch immer der heißt, wundert sich gründlich darüber, warum wir den Glauben an ihn so trennen, wo wir doch eigentlich das Gleiche tun.«

»Dann also am Heiligen Abend bei mir, oder was jetzt? Und bring das Zeugs mit. Gutsle habe ich von der Verwandtschaft mehr genug.«

»Halva heißt das, merk es dir. Es hilft immer. Gegen Heimweh, gegen Läuse und gegen das Alleinsein.«

»Na dann, gib mir noch ein Stück.«

THEIAS KREISE

Besser hätte es für Theia nicht kommen können.

Sie war die einzige Bewohnerin eines seit langer Katzenzeit leerstehenden Hofgebäudes, hielt es mäuse- und rattenfrei und kümmerte sich darum, dass die Tauben sich nicht auf dem Dachboden einnisteten. Mit ihrem Geschrei vertrieb sie Füchse und andere Wildtiere und ließ gerade noch die Schwalben gewähren. Letztere allerdings mehr aus Gründen der Unerreichbarkeit als aus Sympathie für die so ästhetischen Flugkünstler. Weil sie von klein auf menschliche Nähe gewohnt gewesen war, fühlte sie sich jedoch einsam, vor allem jetzt, in der beginnenden Adventszeit. Nachbarliche Höfe lagen zwar in der Nähe, sie waren aber ebenso verlassen und heruntergekommen und verwittert. Wie ein Haufen Kohlköpfe im Spätwinter.

Nachdem die Bäuerin verstorben war, fand sich keiner, der den Hof übernehmen wollte. Die Kinder und Enkel nicht und erst recht keine fremden Käufer, die die Erben mit allerlei verführerischen Argumenten über die gute Landluft anlocken wollten. Es wurde Winter, dann Sommer, Frühling und Herbst, und bald fielen die ersten Mauern ein, und ein eifriger Efeu überwucherte zuerst den Flieder und machte sich dann über das Haus her. Das Hofgebäude drohte unter einem andauernden Ächzen zu sterben. Theia bot es dennoch eine Heimat. Sie kümmerten weder die eingefallenen Wände noch das Efeugestrüpp; sie hatte ein Dach über dem kleinen getigerten Kopf, und Mäuse und anderes Getier boten ihr Nahrung. Das genügte zum Überleben; Wasser fand sie in der heruntergefallenen Dachrinne.

Als in diesem Jahr die ersten Schneeflocken fielen, erinnerte sich Theia an die Weihnachtszeit mit ihrer Menschenfamilie. Als junges Kätzchen hatte sie damals in der Adventszeit auf dem Fußboden der Küche gelegen, der nichts mit der Mondlandschaft von heute gemein hatte, sondern nach Wald und Harz roch. Sie hatte die Ruhe und Wärme genossen, wie es nur die Katzen vermögen. Doch irgendwann war sie hochgefahren. Es hatte gepoltert und gelärmt. Die Hausherrin war zurückgekommen. Und nicht nur das. Die Tür war weit aufgerissen und ein riesiges grünes Ungetüm von Tannenbaum hindurchgeschoben worden. Theia floh entsetzt unter die Sitzbank, wo sie Jupp, den Hofhund, schlafend und laut schnarchend vorfand. Er war so vollgefressen, dass er nicht mal bemerkte, als sie ihn an der Nase kratzte, weil sie wollte, dass er zur Seite rückte.

In den Tagen danach lag ein wunderbarer Geruch nach Backwerk in der Luft. Theia hielt sich so lange wie möglich in der Küche auf und sprang dabei auf einen dreibeinigen Hocker, den sie vom Stall kannte. Er roch nach den Kühen und nach Milch, nach der Bäuerin und nach Jupp. Holzscheite lagen rotglühend in einem Kamin. Es war eine gemauerte Feuerstelle, der sie sich nicht zu nähern traute, denn die Funken des manchmal noch feuchten Holzes stoben in alle Richtungen über den Boden. Die Bäuerin hatte die Glutnester schimpfend ausgetreten und sich nicht weiter um die schwarzen Flecken gekümmert, die den alten Holzboden wie ein Feld mit Mauselöchern aussehen ließ. Vom Hof her hörte

Theia das Lachen der Kinder, die zu Besuch waren, und ihre lauten Bravorufe, wenn der Schlitten wieder gegen den Misthaufen geprallt war. Später, als es richtig dunkel geworden war, hörte sie, noch immer vor dem Feuer sitzend, wie die Traktoren angelassen wurden und die Besucher mit aufheulenden Motoren davonfuhren. Theia legte sich auf den Boden und träumte von Feldmäusen.

Am nächsten Morgen näherte sie sich mit vorsichtigen Schleichbewegungen dem Baum, und als sie begriff, dass von ihm keine Gefahr ausging, inspizierte sie ihn. Ein Platz unter den tiefhängenden Zweigen wurde ihr neues Versteck. Es war wie im Wald, nur wärmer.

Immer häufiger und länger blieb sie dort liegen. Nichts zog sie hinaus, denn es hatte kräftig geschneit und die vermaledeiten Schneeflocken hockten auf ihrem Fell und die Nässe und Kälte krochen bis unter die Haut. Eines Tages, sie war gerade eingeschlafen, nachdem sie lange aus sicherer Entfernung ins lodernde Kaminfeuer gestarrt hatte, wurde sie plötzlich geweckt, als sich die Kinder am Baum zu schaffen machten. Sie hatten eine große Kiste mitgebracht. Theia verließ maunzend ihren Platz und beobachtete, was passierte. Kugeln aus Glas, Sterne aus Stroh, Holzfiguren, Kerzen und lange, goldene Fäden zogen fast die Zweige nach unten. Die Katze buckelte, als der Baum plötzlich leuchtete. Dann verschwanden die Kinder wieder, und Theia konnte sich das Ganze in aller Ruhe ansehen. Sie zog und zerrte an der Dekoration, scherte sich nicht um die zerbrochenen Christbaumkugeln und gab erst Ruhe, als sie die untere Hälfte des Baums abgeräumt hatte.

Am schönsten aber war es am Weihnachtsabend gewesen.

Überall raschelndes Papier und jede Menge Kartons, in denen sie sich prima verstecken konnte. Und bei allen Spielen und Tobereien durfte sie dabei sein, ohne verscheucht zu werden. Die große Fröhlichkeit übertrug sich selbst auf die sonst so mürrische Bäuerin und den faulen Jupp. Seine Rute schlug vor Begeisterung unablässig auf den Boden.

Das war lange her. Sie vermisste das Fest. Vielleicht machte sie sich deshalb, als die ersten Schneeflocken auf die Dächer und die Felder fielen, auf den Weg zu dem einzigen Nachbarhof, in dem seit kurzem wieder Menschen wohnten. Leider auch ein Hund, der vor Wut jedes Mal schier seine Kette zerriss, wenn Theia am Grundstück vorbeistreifte.

Es war ein windiger und kalter Herbsttag gewesen. Sie hatte ein brummendes Geräusch vernommen. Sie war dem Lärmen gefolgt und ganz außer Atem am Nachbarhof angekommen. Dort verfolgte sie das Geschehen aus sicherer Entfernung. Ein Ungetüm von Motorrad war auf den schlammigen Hofplatz gefahren und hatte vor dem Haupthaus eine Runde gedreht. Dabei sah Theia, dass in einem Seitenwagen ein Riese von einem Hund saß – mit einer schweren, schwarzen Motorradbrille auf seiner langen Schnauze. Der groteske Anblick nahm Theia augenblicklich die Angst, und als der Fahrer, ein stämmiger Mann mit langen Haaren und silbern glänzenden Ringen an den Ohren und in der Nase, dem Hund befahl, auszusteigen, setzte sich Theia gelassen hin.

Lunas, raus da!, rief der Mann, und der Hund befolgte es mit eingeklemmtem Schwanz.

Die kläffende Bestie ähnelte Jupp, hatte aber nichts von dessen Charakter abbekommen. Mit Jupp war von Anfang an alles so leicht gewesen. Als kleiner Katzenfindling war

Theia auf der Suche nach Wärme in seine Hütte getapst und hatte sich zwischen seine Vorderpfoten gelegt. Damals war das unsichtbare Band zwischen ihnen geknüpft worden. Jupp, ihr Beschützer, so wurde er von der Bäuerin genannt. Da sein Wirkungskreis aber nur so groß war, wie seine Kette es ihm erlaubte, war Theia zu seiner verlängerten Freiheit geworden. Obwohl sie viel Zeit mit ihm verbrachte, streunte sie auch halbe Nächte durch die Hofanlage. Sie kam jedoch immer zu ihm zurück, und Jupp begrüßte sie stets so freudig, wie es nur ein Hund vermochte. Theia war klein, aber nichtsdestoweniger gerissen. Sie kannte die Zugänge zur Vorratskammer der Bäuerin und schlug sich dort den Bauch voll, wenn die Chefin mit ihrem alten Traktor vom Hof fuhr. Und immer packte Theia mit ihren spitzen Zähnen eine Wurst oder ein Stück Speck und schleppte die ergaunerte Beute zu Jupp. Die Bäuerin, die ihre Hoftiere meist nur mit Brotsuppe und Kartoffelresten fütterte, wunderte sich zwar darüber, dass Hund und Katze so rund waren und ein glänzendes Fell hatten, hinter das Geheimnis aber kam sie nie. Als Jupp alt geworden war, zeigte die Bäuerin Mitleid, und er durfte von der Kette und sogar ins Haus, wo er nach einer kalten Januarnacht nicht mehr aufgewacht war.

Auf ihrem Weg zum Nachbarhof hörte Theia schon von weitem, dass Lunas winselte. Sein Heulen war ebenso beeindruckend wie sein Gebell. Schnell schlich sie durch das hohe Gras und entdeckte vor dem Hofplatz zwei Mountainbiker, die auf Lunas starrten. Der hing hechelnd und keuchend an seiner Kette, die sich eng um einen abgesägten Baumstamm gewickelt hatte. Vermutlich war Lunas aus Zorn über die Fahrradfahrer so oft um den Stamm herum gerannt, dass sich die Kette aufwickelte und er sich in diese ausweglose Situation gebracht hatte. Lunas war erschöpft, und die Kette schon so kurz, dass er dem Erstickungstod nahe war. Die Männer redeten miteinander, unternahmen nichts. Vermutlich trauten sie sich nicht, dem Hund näher zu kommen. Und vom Besitzer war weit und breit nichts zu sehen. Theia nahm allen Mut zusammen, zwängte sich unter dem Zaun hindurch an den Fremden vorbei und näherte sich dem japsenden Hund. Sie setzte sich direkt vor Lunas auf den Boden. Der Hund versuchte sich aufzubäumen, wollte nach ihr schnappen. Doch Theia ließ sich nicht einschüchtern. Sie zog ein Stück weiter und noch eines, und Lunas folgte dem entstehenden Kreisbogen. Nach der ersten Runde schon lockerte sich der Druck um seinen Hals, er bekam wieder Luft, und als hätte er begriffen, dass die Katze ihn aus seiner todbringenden Lage befreien würde, winselte er in versöhnlichem Ton. Theia vergrößerte den Radius, ging aber immer weiter im Kreis um Lunas herum, und nach einigen Umdrehungen lag die Kette wieder lang auf ebener Erde. Hund und Katze saßen sich still gegenüber, dann schleppte sich Lunas zu Theia und stupste sie leicht an. Die Mountainbiker applaudierten.

Inzwischen war der neue Hausherr zu ihnen gestoßen. Keiner hatte darauf geachtet, dass er zwischenzeitlich auf den Hof gefahren war. Die Männer erzählten, was vorgefallen war, dass die Katze es geschafft hatte, den Hund in die erlösende Richtung zu lotsen. Es grenze an Zauberei, ereiferte sich der eine, an ein Wunder, ergänzte der andere.

Der Hausherr versprach, den Baumstamm zu entfernen, um ein solches Drama in Zukunft zu verhindern. Er ging ins

Haus und kehrte mit einem runden Tablett zurück. Die Biker bekamen ein Kirschwasser, während Theia mit einem großen Stück Wurst belohnt wurde. Beim Anblick von Lunas zögerte er zunächst, schalt ihn gar einen Dummkopf, doch schließlich ließ er sich von Lunas' traurigem Anblick erweichen, und es gab auch für ihn eine bereitgelegte Leckerei. Dabei sah er, dass sich das Halsband tief in die Haut des Hundes geschnitten hatte.

Nach dem Besuch beim Tierarzt durfte Lunas von der Kette und sich im Haus ausruhen. Dort besuchte ihn Theia jeden Tag zur selben Stunde. Und als gäbe es auch ein Gewohnheitsrecht für Tiere, blieb es dabei, dass Lunas ins Haus durfte, wenn Theia kam. Auch an Heiligabend. In der großen Stube stand ein prächtiger Baum mit weit ausladenden Zweigen, die nach Wald und Moos dufteten. Darunter war eine weiche Decke ausgebreitet, auf der Theia und der längst genesene Lunas aneinandergeschmiegt lagen.

Die Katze schnurrte, der Hund brummte vor Wohlbehagen, als der Mann an den Kamin trat, um Holz nachzulegen. *Buchenholz*, sagte er zu den beiden, um seine Verlegenheit zu überspielen.

DAS WEIHNACHTSWUNDER

Der Winter macht nicht was er kann
Er schickt nur Sturm und Regen
Und Nebelbänke dann und wann
Man mag sich kaum bewegen.
Fiel doch das zauberhafte Weiß
Auf dunkle Felder nieder
Die Welt wär dann ein wenig leis
Und Hoffnung kehrte wieder.

Sie parkt den Wagen weit entfernt
Er steht schon fast am Ende
Ein Haus, so groß wie ein Palast
Prangt leuchtend im Gelände.

Im Innern bunte Weihnachtswelt
In ungeheurer Pracht,
Die sich im Nu zu ihr gesellt
Mit kolossaler Macht.
Der Strom an Menschen reißt sie mit
Bis zu den Attraktionen
Ein Fernseher mit bestem Bild
Das würde sich doch lohnen
Sagt der Verkäufer nebenbei
Und lässt sie ratlos stehen
Als wär' der Kauf ihm einerlei
Er will nach Andern sehen.

Ganz ohne Warnung auf dem Schirm
Die jüngsten Neuigkeiten
Gezeigt wird ohne Unterlass
Der Schrecken dieser Zeiten.
Im Hintergrund ertönt vom Band
Das Lied zur Stillen Nacht
Betroffen hebt sie ihre Hand
Wer hat sich das erdacht?

Die Diskrepanz treibt sie hinaus
Zurück in das Gedränge
Auf einer Bank ruht sie sich aus
Um sie die Menschenmenge.
Ein kleines Mädchen nimmt auch Platz,
Die Augen wie zwei Sterne
Es fragt sie strahlend diesen Satz:
Magst du die Weihnacht gerne?
Sie überlegt und sagt dann: Ja,
Ich mag das Fest schon sehr
Urplötzlich ist der Schatten da
Nur ist es manchmal schwer.
Doch wenn ich deine Freude seh'
Dann fühl ich so wie du
Ein schöner Christbaum, draußen Schnee
Geschenke noch dazu …

Zu allen Zeiten, denkt sie dann,
Gab es stets viele Sorgen.
Die Welt war nie ein heiler Ort
Das blieb mir nicht verborgen

Doch immer hat das Weihnachtsfest
Den Menschen Trost gebracht
Nichts, was sich da vergleichen lässt
Mit unsrer Heiligen Nacht.

Sie lässt die Freude in ihr Herz
Sie hat es tief gespürt
Vergessen ist der ganze Schmerz
Wie hat sie das berührt.

Die Frau, versunken in Gedanken,
Schaut nach dem Kind, nur, es ist fort.
Sie wollte ihm doch herzlich danken
Ihr bleibt nicht mal ein Abschiedswort.
Wie kann es sein, dass hier ein Kind
So freudig zu mir spricht
Und tröstlich war auch, wie ich find
Ihr glückliches Gesicht.
Ein Zauber hüllt sie plötzlich ein:
Das muss das Weihnachtswunder sein.

CLIFFHANGER

Wir wohnten damals am Hohlgraben, einer kleinen Straße mit gerade mal fünf Häusern, die alle hangabwärts standen. Auf der anderen Seite des Sträßchens wuchsen große Laubbäume, und hinter ihnen schlängelte sich der verfallene Burggraben einer längst geschleiften Festung, die unserer Stadt ihren Namen gegeben hatte. Dicht gedrängt lagen die fünf Häuser identisch und akkurat nebeneinander. Für eine Abgrenzung zwischen den Grundstücken hatten ursprünglich schwere Steinplatten gesorgt, doch die waren über die Jahre ins Erdreich gesunken und wurden seitdem vehement von struppigen Rasenbüscheln am Wiederauftauchen gehindert.

Selbst die Eingangstüren der Gebäude waren in Farbe und Form einheitlich, und doch gab es zwischen ihnen einen kleinen, aber entscheidenden Unterschied. Die letzte Tür der Reihe zierte ein Trockenblumenkranz, und darunter stand auf einem Messingschild in schön geschwungener Schrift: Fräulein Isolde Müllerschön.

Fräulein Müllerschön war eine pensionierte Lehrerin, die aufgrund ihres hohen Alters Hilfe im Alltag benötigte, was ohne viel Aufhebens von den anderen Bewohnern der kleinen Häuserreihe übernommen wurde. Und da kamen auch wir Kinder ins Spiel. Wir sollten für sie Einkäufe erledigen, den Mülleimer an die Straße stellen oder im Winter den Schnee vom Gehweg fegen. Diese Aufgaben waren überschaubar und wurden ohne großes Murren erledigt, auch wenn uns die Eltern strikt verboten hatten, von der alten Dame Geld für unsere Dienste anzunehmen. Und so waren wir mehr als zufrieden, wenn uns Fräulein Müllerschön ab und an ein Stück Schokolade zukommen ließ.

Immer aber schenkte sie uns Süßigkeiten, wenn wir in ihrem Auftrag den monatlichen Gang zur Stadtbücherei hinter uns gebracht hatten. Dorthin gingen wir deshalb stets in ganzer Mannschaftsstärke. Schließlich waren wir, auf vier Häuser verteilt, genau elf Kinder. Eigentlich nur zehneinhalb, denn der kleine Georg mit seinen fünf Jahren zählte für uns Größere, die wir alle so um die zehn Jahre alt waren, nicht wirklich.

Die Büchertasche war schwer. Fräulein Müllerschön hatte eine Vorliebe für dicke Wälzer. Wir teilten die Bücher unter uns auf, nur Georg trottete mit leeren Händen hinter uns her. Er wollte nicht allein zurückbleiben, obwohl die Wegstrecke einiges von ihm abverlangte. Wer auf die Idee gekommen war, weiß ich nicht mehr, aber irgendwann lasen wir uns gegenseitig die Titel der entliehenen Bücher vor. Dieser Einfall sollte sich bald als Beginn großer Abenteuer herausstellen, denn unsere Fantasie wurde durch die geheimnisvollen Namensgebungen über alle Maßen in Bewegung gesetzt. In besonderer Erinnerung blieb mir *Der stille Don.* Schlau, wie wir waren – ein wenig halfen auch das Titelbild und der Klappentext mit –, assoziierten wir im Don einen Fluss, einen, für den unser Dorfbach problemlos herhalten konnte. Kaum dass wir dieses und andere Bücher bei Fräulein Müllerschön abgeliefert hatten, rannten wir zum Bach, teilten uns in die *Roten* und die *Weißen* auf, bestimmten nach einigen heftigen Streitigkeiten, wer *Grigori*, wer *Aksinja* spielen durfte, einigten uns, zumal sich alle anderen als stolze Donkosaken diesseits und jenseits des kleinen Gewässers üble Wasserschlachten liefern konnten. Später stand wochenlang *Der Glöckner von Notre-Dame* auf unserem Plan, bis Georg nicht mehr wollte, weil er sich auf dem morschen Glockenturm unserer Kirche zu Tode fürchtete.

Die kalte Jahreszeit schließlich beendete unseren Spielplan, denn wir fanden für *Lawrence von Arabien* keinen geeigneten Schauplatz mehr vor. Auch taugte unser Schäferhund Lux nicht wirklich zum Kamel; er wehrte sich und warf uns regelmäßig ab. Aber klug, wie wir eben waren, fiel uns ein Platz ein, der nicht nur warm genug sein würde, sondern auch Schokolade und Unterhaltung versprach. Wir schickten Georg vor. Seine Nase lief vor Kälte, die Hände waren blauverfroren, kurz, der Kleine brauchte eine warme Stube. Ob Fräulein Isolde Müllerschön unseren Plan durchschaute, ist mir bis heute nicht klar, aber sie öffnete ihre geschmückte Eingangstür weit und ließ ihn hinein, wohlwissend, dass es Georg nur mit uns allen zusammen gab. Sie kochte Kakao, gab dem Kleinen ein Taschentuch, wärmte ihm die Hände und verfrachtete ihn und uns in ihr Wohnzimmer, wo der schwarze Kaminofen bollerte und vor Wärme glühte.

Damit begann etwas Neues, Großes, das war uns in dem Moment klar, als Fräulein Müllerschön eine Pelzdecke auf dem Boden ausbreitete, uns wie den Kindern in ihren früheren Schulklassen Plätze zuwies und zum Stillsitzen und Schweigen aufforderte. Sie drehte sich um und nahm nach kurzem Suchen ein Buch aus ihrem Regal: *Huckleberry Finn*.

Es gebe Regeln, sagte sie, die wir einzuhalten hätten. Sie lese eine Stunde vor, dann sei Schluss. Und sie wolle danach kein Murren und keine Bettelei, egal, wie spannend sich der Abschnitt zeige. Natürlich nickten wir, blieben die ganze Zeit auf unseren Plätzen sitzen und hatten am Ende der Stunde mit Sicherheit hochrote Wangen. Vor Wärme oder vor Spannung, das war nicht auseinanderzuhalten. Der Don, unser Dorfbach, wurde postwendend in Mississippi umgetauft, und wir flehten den Frühling herbei, um dann als Huckleberry mit geschnitzten Büchsen und langen Angelruten auf die Jagd gehen zu können. Doch der Winter hielt an. Wir aber hatten unsere Lesestunde, was uns wunderbar mit der garstigen Jahreszeit versöhnte. Nur einer machte regelmäßig schlapp: Georg. Er schlief oft schon nach einer Viertelstunde ein und lag die restliche Zeit träumend der greisen Lehrerin zu Füßen. Die Geschichten schien er nicht zu verstehen, war aber immer dabei, wenn wir Fräulein Müllerschön besuchen durften. Wie sie es schaffte, die gelesenen Passagen so zu steuern, dass jeweils an der spannendsten Stelle Schluss war, ist mir bis heute ein Rätsel. Aber der langjährigen Pädagogin gelang das problemlos. Gegen unsere Abmachung bettelten wir: *Noch eine Seite, noch einen Satz, noch ein Wort*... Aber es gab kein Erbarmen. Fräulein Müllerschön hatte ihren großen Wecker aus dem Schlafzimmer geholt, und der schellte pünktlich nach einer Stunde so unerbittlich, wie sie auch das Vorlesen beendete.

Uns blieben nur zwei Winter mit ihr vergönnt. Fräulein Müllerschön verstarb nach dem Ende von *Dickens* und seinem *Ebenezer Scrooge*. Sie hatte vermutlich alle Energie aufbringen müssen, um uns noch das Finale zu vergönnen. Wir konnten nicht mehr, wie es üblich gewesen war, mit ihr über diese Geschichte sprechen; sie war zu müde dafür geworden.

Weil ein Teil der Clique auf weiterführende Schulen gewechselt war, die Mädchen zudem mehr und mehr unter sich bleiben wollten, fiel unser Team der Zeit zum Opfer. Die Verbindungen rissen ab, und wir wurden wie Blätter im Herbst in alle Richtungen geweht.

Umso verwunderter war ich, als mir fünfundzwanzig Jahre später per Post ein Briefumschlag von Georg zugestellt wurde. Die Adresse des Absenders wies auf das ehemalige Haus von Fräulein Isolde Müllerschön hin. Auf der Karte, die im Kuvert lag, stand *Einladung*, das Datum weit im Winter gelegen. Es handelte sich, wie ich später erfuhr, um den 25. Todestag unserer Vorleserin. Vermutlich ging es mir wie den anderen Freunden aus Kindertagen, ich hatte weder wirklich Lust noch Zeit für diese Einladung, entschied mich aber dann doch, den Weg auf mich zu nehmen.

Unsere kleine Stadt, in der ich lange nicht gewesen war, hatte sich verändert, war heller, die Häuser am Stadtrand größer geworden. Der Don/Mississippi war in einem unterirdischen Kanal verschwunden, und die Kirche hatte einen neuen Turm erhalten. Auch am Hohlgraben war nichts mehr wie zuvor. Die fünf Häuser hatten Nachbarn bekommen, so viele, dass ich das Zählen aufgab. Und doch fand ich Fräulein Isolde Müllerschöns einstiges Zuhause fast auf Anhieb, denn ein bunter Trockenblumenkranz zierte die Eingangstür und stach wie früher aus den anderen Portalen heraus. Ein hochaufgeschossener junger Mann mit Bart öffnete auf mein Klingeln. Ich stutzte einen Moment. *Georg?* Aber er hatte mich schon in den Arm genommen. Drinnen war alles wie immer. Fast alles. Ein großes Bild unserer ehemaligen Gastgeberin hing im Wohnzimmer, in das mich Georg führte, wobei er mir erklärte, dass er die Gelegenheit genutzt hatte, das Haus käuflich zu erwerben. Ich war seltsam aufgekratzt, wollte ihm Fragen stellen, aber er winkte ab, ich solle warten, bis die anderen da wären. Es kamen tatsächlich alle. Unser einstiges Team aus Zehneinhalb (längst erwachsenen Personen) war vollständig. Georg hatte eine Pelzdecke auf dem Boden ausgebreitet, im Kamin bollerten die Holzscheite, und auch wenn es eng wurde, saßen wir bald allesamt auf dem Boden. Unser Gastgeber erklärte, dass er im Müllerschön'schen Ohrensessel Platz nehmen würde. Dort lag unter einem Kissen versteckt bereits das Buch, aus dem er vorlesen wollte.

Ich hielt nach dem Titel Ausschau, aber es gelang mir nicht, ihn zu erspähen, zu geschickt hatte Georg das Buch verborgen. Eine Ungeduldige versuchte gar, es hervorzuziehen. Doch auch sie bekam keine Chance. Lachend legte Georg ein Tuch darüber, klemmte sich das Objekt der Begierde unter den Arm und lief damit in die Küche. Kakao wurde verteilt, und jede und jeder sollte vor der Lesung in wenigen Worten seinen bisherigen Lebensweg schildern, was auch geschah. Dann sollten wir uns dazu äußern, welches der von Isolde Müllerschön gelesenen Werke uns das liebste gewesen sei. Nach anfänglichem Zögern und Zaudern sprachen wir alle durcheinander, die eigenartige Scheu, die den Beginn unseres Treffens bestimmt hatte, verlor sich zunehmend. Wie zu erwarten, kam es zu keinem gemeinsamen Favoriten. Aber eines wurde unverbrüchlich klar: bei ausnahmslos allen hatte die Stunde auf der Pelzdecke eine immerwährende Liebe zu Büchern geweckt. Das habe Fräulein Müllerschön durch ihre geschickt gewählten *Cliffhanger* geschafft, sagte einer unserer früheren Wortführer, der ein bekannter Fernsehmacher geworden war. Und er müsse es ja wissen, denn die Spannung in seinen Serien rühre schließlich auch daher. Sofort sprachen alle wieder durcheinander, und die Helden und Heldinnen unserer Kindheit purzelten auf der alten Pelzdecke wild durcheinander. Irgendwann schien es nötig, dass Fräulein Müllerschön zur Ruhe mahnte. Als hätte sie das Signal dafür gegeben, betrachteten alle ihr Bild, worauf Georg den Moment nutzte und einen Wecker aufzog. Wie auf ein stummes Kommando nahm jeder seinen ursprünglichen Platz ein und schenkte nun dem Gastgeber die Aufmerksamkeit.

Eine Stunde, sagte Georg, ich lese genau eine Stunde. Er zog das Tuch herunter, hob das Buch in die Höhe, so dass wir alle den Titel lesen konnten: »*Die Kinder vom Hohlgraben. Roman von Georg Weiser*«, und begann zu lesen: »Wir wohnten damals am Hohlgraben, einer kleinen Straße mit gerade mal fünf Häusern ...«

DER ALTE AMOR

Der alte Amor sitzt auf einem Findling am Ufer des Sees, der zwischen schmalen, verschneiten Tannen und kahlen Erlenzweigen seinen Winterschlaf hält. Nichts bewegt sich auf dem vom Gletscher gespeisten Gewässer. Nur winzige Wolken, die vom Westen her ins Land gezogen sind, spiegeln sich darin, ruhend wie am Himmel, fast nur ein Hauch von Kälte. Das eisige Wasser umgibt den Stein, der rund ist wie ein Globus und abgenutzt wie die Welt. Als geschliffener Fels, getrennt vom Berg, lag er im mooswеichen Wald, der Boden aber schob ihn über Millionen von Jahren ans Ufer des Sees. Und ähnlich große Zeiträume werden vergehen, ehe er im Wasser verschwindet. Vom ständigen Nass umspielt, wird er dann Pflanzen um sich scharen und Krebsen und winzigen Fischen Schutz bieten.

Der alte Amor betrachtet lange den Himmel, senkt schließlich den Kopf, um sein Spiegelbild zwischen den von Raureif bedeckten Gräsern zu betrachten. Doch was er sieht, lässt ihn aufschreien. Er sucht das Kind, den kleinen, schalkhaften Jungen, jenen mit goldenen Locken und rosigen Wangen, den Sohn der Aphrodite und des Ares. Aber der See wirft ihm ein anderes Bild entgegen: einen greisen, langbärtigen, mageren Schädel mit schütterem Haupthaar und eingefallenen Wangen.

Müde greift er nach dem Köcher. Wenigstens hängt der wie immer über seiner linken Schulter. Und doch betrübt ihn, was er ertastet. Nur noch zwei Pfeile – die allerletzten, die ihm der Olymp erlaubt. Ein goldener, der beim Getroffenen das Feuer der Liebe entflammt, und der andere aus Blei, der nichts als Gleichgültigkeit oder schlimmer, das Auslöschen aller Leidenschaft bewirkt. Noch vor kurzem hatte er sich daran erfreut, wahllos, zufällig, ungeplant, mit verbundenen Augen, manchmal sogar aus Versehen seine Pfeile abzuschießen. Und einmal hat er sich selber … Aber das ist eine andere Geschichte, denkt er und taucht unwirsch aus seiner Versenkung auf, weil sich lärmend eine Menschengruppe seinem Platz nähert. Ihn können sie nicht sehen, das weiß er, und doch vertreibt ihn eine Frau von seinem Stein, weil sie auf dem Findling Schnee zusammenschiebt und zu einem Schneeball formt. Wütend zieht er sich in das nahe Gebüsch zurück, die Leute nicht aus den Augen lassend. Einige Mädchen und Jungen sind darunter, mehrere Erwachsene. Der alte Amor macht sich nicht die Mühe, sie länger zu betrachten. Er schießt den bleiernen Pfeil mit verschlossenen Augen in ihre Mitte. Ein letzter verbleibt, und er geht mit seinen ausgetretenen Schuhen weiter ins dürre Unterholz, mühsam und tief gebückt.

Ist es Zeus, der ihn in den Götterhimmel zurückbeordert, der ihn hat altern lassen, oder stecken dessen mächtige Töchter dahinter, die Moiren, die auch sein Schicksal bestimmen werden? Wahrscheinlich, überlegt er, hat er zu viel Chaos angerichtet. Mit Schrecken denkt er an Orpheus und Eurydike, an Kleopatra und Antonius, Napoleon und Josephine, Liz Taylor und Richard Burton, an Marilyn und John F. K. Ach, und Tristan und Isolde … quält er sich weiter. Paarweise treten die Enttäuschten vor sein inneres Auge, beschimpfen ihn, drohen gar. Er stampft mit dem Fuß auf den Schnee und vertreibt die ungebetenen Gäste mit zorniger Faust. Immerhin, beruhigt er sich, bei Philemon und Baucis hat er alles richtig gemacht. Und dass deren Liebe über den Tod hinaus Bestand hat, beweisen die Menschen bis hin zur Gegenwart. Eiche und Linde sind es, in die Zeus die beiden nach ihrem Tod verwandelte, Bäume, die immerfort geliebt werden. Doch das alte Ehepaar tröstet ihn nicht über die unzähligen, sinnlos geopferten Pfeile hinweg. Liebe, Leidenschaft, Begehren, Zärtlichkeit, Hingabe, all das trugen die Getroffenen in sich. Doch von seinen Pfeilen, so schien ihm jetzt, ist bei vielen nichts geblieben als ein Häufchen gebrochener Späne.

Der alte Amor hat sich nun in einem eingeschneiten Park niedergelassen. Die Sonne steht im Winterpunkt und beleuchtet die Baumriesen, deren lange Schatten wie magere Irrwische auf dem Rasen tanzen, weil der Wind aus dem Westen in die Zweige greift. Nicht weit entfernt ein Spielplatz mit perlenden Wasserläufen und Schaukeln, die um jeden Sonnenstrahl kämpfen. Er wird sich beeilen müssen, überlegt der alte Amor, denn wenn dieser Tag zu Ende ist, ist es unverzichtbar, dass der letzte Pfeil sein Ziel gefunden hat. Er beäugt die dick vermummten, über die Wege flanierenden Menschen mit einem Blick. Schließlich begibt er sich in die Nähe eines kleinen Jungen, der auf einem Tannenzweig kaut und mit seiner Großmutter spricht. Er hat dunkle Augen, die so groß wie Kastanien sind.

Der Junge: – Wo ist Opa jetzt? Im Himmel? Oder im Sarg? Warum ist er gestorben? Besucht er dich manchmal?

Die Großmutter: – Nimm den Zweig aus dem Mund, ich

verstehe dich so schlecht. Ehrlich gesagt, ich weiß es nicht, mein Junge. Vielleicht hört er uns zu, sitzt auf dem Lattenzaun dort, lacht, und es geht ihm gut. Sicher geht es ihm viel besser als zuletzt. Er war schon sehr alt und auch krank, erinnerst du dich? Und er hatte Schmerzen. Tag und Nacht. Er durfte sterben.

Der Junge: – Hast du auch Schmerzen?

Die Großmutter: – Nein, warum fragst du?

Der Junge: – Weil du auch alt bist. Du hast ganz viele Falten im Gesicht.

Die Großmutter lacht: – Ja, ich bin alt, aber nicht krank. Und ich habe keine Falten. Das sind die Verstecke für viele liebe Erinnerungen, musst du wissen. Auch Erinnerungen an dich bewahre ich darin auf.

Der Enkel streift die Handschuhe ab, befühlt mit seinen Fingern das Gesicht der alten Frau, streichelt es, und dabei leuchten seine Augen.

Der Junge: – Bekomme ich auch so liebe Erinnerungen?

Die Großmutter: – Aber ja. Und dann hüte sie gut.

Der Junge: – Was bedeutet hüten?

Die Großmutter lacht: – Das, was ich gemacht habe. Ich bin sorgsam mit ihnen umgegangen, wie du sehen kannst. Und viele liebe Erinnerungen gelten deinem Opa.

Der Junge: – Warum?

Die Großmutter: – Na, ja, mein Junge, weil es eben vom ersten Moment an gutging mit uns beiden.

Der Junge: – Du meinst Liebe und so was?

Die Großmutter: – Ja, Liebe und so was. Auf den ersten Blick. Wie ein Blitz hat es eingeschlagen.

Der Junge steht auf, springt davon und nähert sich dem Spielplatz mit den Wasserläufen.

Amor ist ebenfalls weitergegangen. Offenbar hat er bei dieser Familie alles richtig gemacht. Aber er erinnert sich nicht mehr. Würde er alle Pfeile, die er geschossen hat, hintereinanderlegen, käme eine Wegstrecke bis zum Jupiter zusammen. Er war in allen Höhlen, in jedem Haus, in jedem Palast, nahm die Armen wie die Reichen ins Visier, die Schönen wie die Hässlichen, besuchte die Kleinen und die Großen, die Jungen und die Alten. Keiner konnte seinen Pfeilen ausweichen. Ob er wollte oder nicht. Wie auch. Er ist Amor, der Sohn von Aphrodite und Ares.

Sein letzter goldener Pfeil wiegt schwer. Wird er ihm ein zufälliges, ein mit verbundenen Augen geschossenes Ziel zuteilen, oder sollte er dieses eine Mal eine Wahl treffen? Ziellos wandert er durch die Parklandschaft, schaut besorgt zur Sonne, die sich merklich dem Horizont nähert. Er hört die Stimmen von Erwachsenen und Kindern, und unversehens kennt er denjenigen, dem er mit dem letzten goldenen Pfeil das Glück einer großen Liebe schenken will.

Der alte Amor bringt sich in Position. Spannt den Bogen, öffnet seine Augen weit. Dass er treffen wird, weiß er. Er würde auch blind treffen.

Am Wasserlauf steht der kastanienäugige Junge vor einer der zahllosen kleinen Brücken. In dem Augenblick, als ihn der Schütze anvisiert, schaut er auf ein Mädchen – es ist in seinem Alter –, das unsicher über die rutschigen Holzdielen balanciert. Der letzte goldene Pfeil geht auf die Reise. Als er sein Ziel erreicht hat, greift der Junge die Hand des Mädchens und hält sie fest. Länger, als es dauerte, die Brücke zu überqueren.

Der alte Amor betrachtet die Szene und nickt zufrieden. Er wird jetzt am Ufer des Sees auf seine Rückkehr in den Götterhimmel warten. Am runden Findling hat er sich gut gefühlt und deshalb diesen Ort für seine endgültige Rückkehr ausgewählt.

Die Erde hat die Sonne verlassen und begrüßt den Mond, denkt der alte Amor und legt seinen Kopf auf den Stein. Bald schläft er ein, spürt im Traum eine weiche Hand. Ist es Aphrodite, ist es Ares?

Ungläubig erwacht er am runden Stein.

Er betastet sein Gesicht. Die Wangen sind rund und ohne Bart. Der See schließlich spiegelt eine überwältigend schöne Knabengestalt wider. Und im Köcher sind unzählige Pfeile.

QUELLENVERZEICHNIS

(Nachstehend werden jeweils die Quellen der Erstpublikation genannt.)

Der Weihnachtssturm, S. 7
Aus: Weihnachten in den Alpen. Herausgegeben von Susanne Gretter. Insel Verlag Berlin 2023.

Das Weihnachtsmahl, S. 17
Am Meer, S. 32
Das Glöckchen, S. 77
Weihnachtsfrieden, S. 109
Ein Stern für Schopenhauer, S. 145
Wunderbare Weihnacht, S. 159
Die Weinlese, S. 162
Aus: Claire Beyer, Wunderbare Weihnacht. Geschichten und Gedichte. Dillmann-Verlag, Schwieberdingen 2016.

Flosse 1903, S. 20
Aus: Katzen lieben Weihnachten. Die schönsten Geschichten zum Fest. Herausgegeben von Gesine Dammel. Insel Verlag Berlin 2024.

Das ist das Haus vom Nikolaus, S. 34
Aus: Reclams Adventskalender. Herausgegeben von Stephan Koranyi und Gabriele Seifert. Philipp Reclam jun. Verlag GmbH & Co. KG, Stuttgart 2014.

Das Schaukelpferd, S. 40
Erstveröffentlichung

Die Kutsche, S. 43
Aus: Warten auf Weihnachten. Die schönsten Geschichten. Herausgegeben von Gesine Dammel. Insel Verlag Berlin 2022.

Karls Katze. Oder wie es hätte sein können, S. 52
Aus: Stille Nacht, Katzennacht. Die schönsten Geschichten zum Fest. Herausgegeben von Gesine Dammel. Insel Verlag Berlin 2023.

Die Blautanne, S. 61
Aus: Stille Nacht und Feuerwerk. Geschichten und Gedichte. Herausgegeben von Stephan Koranyi und Gabriele Seifert. Philipp Reclam jun. Verlag GmbH & Co. KG, Stuttgart 2017.

Der Weihnachtsbaumverkäufer. Ein Märchen, S. 67
Erstveröffentlichung

Weihnachtssterne, S. 71
Erstveröffentlichung

Vivien, S. 81
Aus: Weihnachtsüberraschung. Geschichten. Herausgegeben von Stephan Koranyi und Gabriele Seifert. Philipp Reclam jun. Verlag GmbH & Co. KG, Stuttgart 2015.

Angelo, S. 87
Aus: Weihnachten auf Besuch. Geschichten. Herausgegeben von Stephan Koranyi und Gabriele Seifert. Philipp Reclam jun. Verlag GmbH & Co. KG, Stuttgart 2016.

Der besondere Weihnachtswunsch, S. 95
Erstveröffentlichung

Der Stern, 98
Aus: Weihnachtswunderland. Die schönsten Geschichten zum Fest. Herausgegeben von Gesine Dammel. Insel Verlag Berlin 2024.

Buchhändler Rogalsky, S. 112
Aus: Der schönste Ort der Welt. Von Menschen in Buchhandlungen. Herausgegeben von Martha Schoknecht. Diogenes Verlag AG, Zürich 2018.

Inselkatzen, S. 128
Aus: Fröhliche Kätzchen überall. Die schönsten Weihnachtsgeschichten. Herausgegeben von Gesine Dammel. Insel Verlag Berlin 2020.

Die Weihnachtsgans, S. 141
Erstveröffentlichung

Jack, der Meisterdieb, S. 150
Aus: Weihnachtskatzen. Neue Geschichten. Herausgegeben von Gesine Dammel. Insel Verlag Berlin 2021.

Theias Kreise, S. 176
Aus: Wenn Katzen Weihnachten feiern. Die schönsten Geschichten zum Fest. Herausgegeben von Gesine Dammel. Insel Verlag Berlin 2022.

Das Weihnachtswunder, S. 183
Erstveröffentlichung

Cliffhanger, S. 186
Aus: Tage des Lesens. Lektüre zwischen den Jahren. Herausgegeben von Gesine Dammel. Insel Verlag Berlin 2023.

Der alte Amor, S. 193
Aus: Weihnachten für Verliebte. Die schönsten Geschichten zum Fest. Herausgegeben von Gesine Dammel. Insel Verlag Berlin 2020.

NF 581/1/7.23

Stille Nacht, Zaubernacht

Weihnachten ist die Zeit der Wunder. Das größte aller Wunder feiern wir Jahr für Jahr. In der Weihnachtszeit geschehen aber auch andere Wunder, kleine und nicht ganz so kleine: Wunder der Freundschaft und Freundlichkeit, Wunder der Liebe, Wunder, die man nicht erklären kann, und Wunder, die keiner Erklärung bedürfen. Die schönsten dieser Wunder sind hier versammelt: Erzählungen über einen zauberschönen Tag, an dem mit einem Mal sich alles zum Besseren wenden kann.

Mit Geschichten von Thomas Bernhard, Bertolt Brecht, Truman Capote, Axel Hacke, Marie Luise Kaschnitz, Erich Kästner, Alexander Kluge, Siegfried Lenz, Paul Maar, Carson McCullers, Eugen Roth, Patrick Roth, William Saroyan, Urs Widmer, Barbara Wood und vielen anderen.

Die Wunder zu Weihnachten. Geschichten, die glücklich machen. Herausgegeben von Clara Paul. insel taschenbuch 4401. 235 Seiten

NF 337/1/7.16

Weihnachten ist Lese- und Vorlesezeit

Weihnachtszeit ist Lese- und Vorlesezeit. Dieser Band versammelt die schönsten Advents- und Weihnachtsgeschichten zum Vorlesen für die ganze Familie. Heiteres und Besinnliches, Klassisches und Modernes für Alt und Jung.
Von Vorfreude und spannender Erwartung, von den Festen ihrer Kindheit und Stunden im Kreis der Familie, aber auch von ganz besonderen Überraschungen am Weihnachtsabend erzählen die in diesem Band versammelten Autorinnen und Autoren.

Zauberhafte Weihnachtsgeschichten zum Vorlesen. Herausgegeben von Gesine Dammel. insel taschenbuch 4803. 189 Seiten.

NF 582/1/7.23